MINHA AVÓ
E SEUS
MISTÉRIOS

FREI BETTO

...

MINHA AVÓ E SEUS MISTÉRIOS

MEMÓRIAS INSPIRATIVAS

Rocco

Copyright © 2019 *by* Frei Betto

Direitos desta edição reservados à
EDITORA ROCCO LTDA.
Av. Presidente Wilson, 231 – 8º andar
20030-021 – Rio de Janeiro, RJ
Tel.: (21) 3525-2000 – Fax: (21) 3525-2001
rocco@rocco.com.br
www.rocco.com.br

Printed in Brazil/Impresso no Brasil

Preparação de originais
MARIA HELENA GUIMARÃES PEREIRA

CIP-Brasil. Catalogação na fonte.
Sindicato Nacional dos Editores de Livros, RJ.

B466m	Frei Betto	
	Minha avó e seus mistérios: memórias inspirativas / Frei Betto. – 1ª ed. – Rio de Janeiro: Rocco, 2019.	
	ISBN 978-85-325-3149-0	
	ISBN 978-85-8122-775-7 (e-book)	
	1. Ficção brasileira. 2. Memórias I. Título.	
19-58028		CDD-869.3
		CDU-82-3(81)

Vanessa Mafra Xavier Salgado – Bibliotecária – CRB-7/6644

Este livro obedece às normas do Acordo Ortográfico da Língua Portuguesa

Ao Nando (Luiz Fernando Libanio Christo),
meu irmão.

ÍNDICE

Desapego 11
O que há de mais pesado 14
A cabeça pensa onde os pés pisam 15
Formigas 17
Na morte, sonho vira realidade 19
Medo, fruto da insegurança 21
Tudo a seu tempo 22
Amor 25
Amor não tem valor de mercado 27
Vida, um novelo de lã 28
Ensinar 30
Corpo de baile 31
Alívio do coração 32
Idade 33

Deus	37
O percurso da luz	39
Viagem ao interior de si mesma	41
Namoro divino	45
Vida inteligente	46
Gente é só fragrância	47
Homem	48
Sacola	49
Felicidade	50
Terra adoentada	51
À mesa	54
Terapia	55
Filosofia e ciência	56
Símbolo	57
Projeto	58
A palavra alpendre	59
Pontos de luz recheados de mel	62
Bondade	64
Poder	65
Trem voador	66
Navio	68
Ovo é o que há de mais perfeito	69
Criação	70
Criatividade	72
Trago em mim um quinteto	73

Mãos servem para acarinhar	74
Vôlei é puro balé	76
Amizades	77
Amigos ricos	79
A verdade se desdobra no tempo	81
Amigos importantes	83
O verdadeiro amigo	85
Caráter	87
Precauções	89
(Des)confiança	91
Despojamento	93
Comer, ato holístico	95
Hermafroditização geral	101
Circo	103
Matrioska	104
Cavalo de São Jorge	105
Um Carnaval que nunca cesse	106
Obras de Frei Betto	113

DESAPEGO

Minha avó, Maria Zina, conhecia todos os mistérios. E muitas histórias. Ao terminar o pré-universitário na cidade provinciana em que nasci e cresci, morei com ela na capital. Enviuvara havia pouco.

Miúda, levemente encurvada para frente, agradava pelo timbre jovial. Tinha olhos miúdos e brilhantes, voz pausada e suave. Movia-se apoiada na bengala. Ao cair da tarde, no sobrado em que morava, todo adornado de azulejos portugueses, ficávamos a sós na varanda. Ela a ler os clássicos do século dezenove ou a tricotar como se suas mãos pequenas e ágeis brincassem de esgrima com as longas agulhas; eu, entretido com um livro.

Minha avó era toda estranhamentos. Mirava as coisas de soslaio com seus olhos turquesa. Dizia que a vida não cabe na sintaxe, embola o raciocínio, e se embriaga quando despida de preconceitos e vestida de beleza.

Falava sempre como quem sonha. Não um falar de palavras, mas de quem enxágua emoções, dependura ideias no varal da razão e deixa secar ao sol do saber. Um falar sussurrante, como se guardasse muitos segredos e fingisse nada saber. Parecia formiga parada no meio da trilha, nem pra frente nem pra trás, ao se dar conta de que é observada e não é boba de revelar o rumo que segue.

Um dia, julguei seu silêncio resultado de tristeza. Ela reagiu:

Tristeza não é desalento da alma, é duende maligno que ataca ao encontrar aberta a porta do desgostar de si mesmo. Remédio é recolher-se no silêncio e desamarrar um por um os cadarços do egoísmo, até os pés poderem andar na direção do outro.

Fechou os olhos, descansou mãos e agulhas sobre o colo, fez uma pausa pensativa. O rosto refletia paz. Em seguida, completou:

— Tristeza é quando a alma enruga. De tão apertadinha, provoca dor. Mas se abanada pelo desapego, logo desgruda e o coração se infla de imponderável. O segredo da felicidade é o desapego — às pessoas, às coisas, a si mesmo. Quem menos se apega, menos sofre. Só o que está dentro traz felicidade. O que está fora traz algum prazer e muita ilusão.

E ponderou:

— Dor é uma coisa; sofrimento, outra. A dor tem cura — quando a ela se imprime sentido. Sofrimento é dor carente de sentido; subverte a razão e embaralha a emoção. Todo sofrimento nasce do apego à autoestima, ao dinheiro, aos afetos coletados, aos bens acumulados. Quer ser feliz, filho, desapegue-se! E guarde a lição: o que não vem pelo amor vem pela dor.

O QUE HÁ DE MAIS PESADO

Não era de muito falar. Entretinha-se em si mesma, encolhida sobre o próprio ventre, qual tartaruga recolhida ao casco. Ao levantar o rosto e destampar a boca, havia de se aproveitar:

— E vaidade, vó?

— É quando se trepa no próprio ego e fica desmedido lá em cima, com os pés descolados do chão e a cabeça nas nuvens.

— E orgulho?

— Sofrer indigestão de engulho.

— E mágoa?

— Afogar-se no coração.

Antes de se recolher de novo ao silêncio e retomar as agulhas, observou:

— O que há de mais pesado, filho, é o eu. Chega a nos esmagar.

A CABEÇA PENSA
ONDE OS PÉS PISAM

Minha avó tinha cabelos anelados, muito brancos, presos em coque. A pele de boa textura lembrava amêndoa; e o rosto ovalado ainda exibia frescor, apesar das rugas. Dizia que sabedoria é pensar com os pés:

— Cabeça gosta mesmo é de sonhar, mas os pés tecem em passos a existência. Do modo que se pisa, se vive. O rumo dos passos define o da vida. Por isso, o que há de mais importante em nossos trajes são os sapatos. Quer conhecer a filosofia de vida de alguém? Observe-lhe os sapatos.

E acrescentou:

— Quem se cansa de andar encurta a vida; quem prossegue, afasta a morte para depois. A velhice começa pelas pernas, filho. Toda a existência é um caminhar constante. Mesmo para quem se julga parado. Este é como o passageiro sentado no ônibus. Imóvel, observa a paisagem pela janela. Porém, a vida o conduz; possivelmente, a destino imprevisível. Melhor é ter em mente o destino a ser alcançado. Assim fica mais fácil traçar o mapa da caminhada.

E disse ainda:

— Mas há quem se perca, seduzido pelos atrativos do caminho. Há quem se canse e desista, por imaginar o ponto final muito aquém do que de fato se situa. E há quem nunca alcança o objetivo, mas se sente feliz pela persistência em persegui-lo.

E insistiu:

— Caminhe. Não se arraste como lesma. Caminhe. Não pretenda voar como os pássaros. E jamais retroceda.

Com o olhar entretido com a costura no colo, como se falasse a si mesma, se perguntou em voz tímida:

— Pra que servem os caminhos se não para nos conduzir a nós mesmos?

FORMIGAS

Meu avô não morreu naquele agosto, como todo mundo acreditava, assegurou minha avó:

— Findo o enterro, ele acordou do sono da morte e saiu da tumba por um buraco que as formigas apontaram. Disfarçado de vaga-lume, piscava todas as noites para mim enquanto, na varanda, eu me banhava de estrelas.

Permaneci mudo. A velhice lhe embaralhava as ideias? Ela prosseguiu:

— Com frequência a saudade aflora em mim como flor-de-
-sangue sedutoramente perfumada. Vontade de abraçar seu avô, aconchegar-me em seu colo, voar de mãos dadas, lá onde o segredo amoroso se faz silêncio. Seu avô está inteiro em mim: ocupa vísceras, entranhas e coração. Extravasa pelos poros, olhos e sentimentos. Inunda emoção, intuição e sonhos. Todo amante guarda em si uma coleção secreta de fotos: as cores dos azu-

lejos de um banheiro, o reflexo da luz sobre o corpo nu, a cena chapliniana de brincadeiras quase infantis a que os enamorados se dão o direito. E como seu avô já não conhece limites e barreiras, vez ou outra vem dormir comigo. Chega de madrugada, de mansinho, se ajeita debaixo dos lençóis, me beija e abraça. Fico bem encaixadinha no corpo dele e durmo sonolentamente. Ao acordar pela manhã, não mais o encontro, e penso que foi tudo sonho. O coração, que não se deixa enganar pela cabeça, sabe que foi tudo verdade. Porque sonho não é mentira, é viagem, é o deslocar-se de si para a realidade que confunde a razão.

NA MORTE, SONHO
VIRA REALIDADE

Indaguei como imaginava a vida após a morte.
— A morte morreu – disse. – Só existe para quem ignora que somos imortais. O que há é transvivenciação. Assim como o bebê passa de uma dimensão a outra da vida ao sair do ventre materno, do mesmo modo haveremos de transcender dessa existência terrena.
— E depois, vó?
— Depois é como no sonho. O corpo dorme inerte e, no entanto, mergulhamos em outra esfera da realidade. O sonho é real, sabemos todos. Um dia sonhei que eu era uma borboleta azul. Voava feliz em um jardim colorido de flores. Até que despertei desconfiada. Ainda hoje me pergunto: sou a Zina que sonhou ser uma borboleta ou a borboleta que sonha ser uma mulher chamada Zina?
E prosseguiu:

– Sonho não é fruto de nossa imaginação nem resulta de nosso raciocínio. Vem dos porões do inconsciente. Nele vemos cores, sentimos cheiros e vivenciamos situações inusitadas, muitas vezes ilógicas. Ao despertar descobrimos que nada daquilo sucedeu de fato. Existiu apenas no avesso de nossa mente. A diferença é que, do outro lado da vida, o sonho será realidade e esta vida sonho passado. Ou, para alguns, pesadelo. Jamais haveremos de acordar pelo simples fato de nunca dormir. Em resumo, filho, no avesso da vida o sonho se faz realidade. E, deste lado, evite quem destrói sonhos. Esse tipo de gente tem medo do futuro.

MEDO, FRUTO DA INSEGURANÇA

P erguntei se antes de minha chegada não tinha medo de morar sozinha:
— Vou ter medo da própria mente? Medo só existe na cabeça da gente. É fruto da insegurança. De que adianta ter medo se o acaso surpreende? Tomo, sim, precauções; cuido de trancar portas e janelas ao cair da tarde. E não deixo a imaginação resvalar para o pessimismo. Guardo sempre o pessimismo para dias melhores.

TUDO A SEU TEMPO

Quando indaguei como conheceu meu avô, sorriu sem abrir os lábios, sorriso que não vem da boca, vem do coração e transparece no rosto desanuviado.

– Naqueles idos era tudo a seu tempo, sem os atropelos de hoje. Havia um tempo para cada coisa: flertar, namorar, noivar e casar. Não se fazia o quarto preceder a sala ou a cama, a mesa. Tudo muito romântico, com o respeito às precedências: conhecer, despertar, sentir, aproximar-se, descobrir, tocar, beijar e se enroscar. Como escalar a montanha íngreme movida pela força do amor, malgrado os percalços. Por vezes se perdia o fôlego na subida e o coração acelerava.

– O despertar se deu quando seu avô e eu nos conhecemos no aniversário de uma vizinha. Eis o mistério: tantos homens e, no entanto, *este* homem. Tantas mulheres e, no entanto, *esta* mulher. A cabeça tenta explicar. Em vão. A vida é feita de detalhes: um olhar casual, a atração, o fascínio, reencontros e a fusão de espíritos e corpos. O amor é um mistério e, como diz o poeta, tão grande que cabe num beijo. Tantas pessoas e, no entanto, *esta* pessoa. Há qualquer coisa que transcende as aparências, os sentidos e todo o arsenal interrogativo da razão. Aos olhos de fé, dom de Deus. O coração acorda um dia povoado pela presença do outro e esse sentimento inunda, devasta, sufoca, liberta, irrompe indizível e marca para sempre. É terno.

E emendou:

— Por mais que o raciocínio rodopie, jamais logra mergulhar na profundidade do coração. Como explicar o impacto às minhas amigas? "É o mais belo dos homens." Mentira. Seu avô padecia de feiura, era do tipo desajeitado que pisa no pé do par durante a dança. O que diria eu? "O mais inteligente?" Também não, embora se saiba que muitas mulheres causam atração pela formosura do corpo e são atraídas pela inteligência dos homens. Mistério, filho: saí daquela festa sem que seu avô saísse de mim. A paixão brota como enchente inesperada. Um fiozinho de água que adentra por debaixo da porta. Por mais que se passe o rodo, a água se avoluma dia a dia, até nos afogar. Então, o sentimento requer aproximação. O verbo urge se fazer carne.

— Aos domingos, eu e minhas amigas ficávamos sentadas na pracinha da igreja tão logo findava a missa. Deus que me perdoe, mas nada do que se passava no altar me prendia a atenção. Só a presença de seu avô, enquanto a música do órgão me transportava ao paraíso da afeição. Ele se sentava três bancos à minha frente, em direção diagonal. A cada vez que virava o pescoço e me cobria de olhos, eu merengava toda. Veio então a fase dos bilhetinhos, dos encontros furtivos, do entredito, das benditas insônias, e dos sonhos na teima de esculpir o futuro. Vieram também as madrugadas de serenatas na voz dos violeiros amigos dele. Naqueles idos, filho, o sentimento, longo tapete aveludado, precedia a aproximação física. Ficar de mãos dadas era enlaçar corações. Beijar no rosto destampava a ternura. Se na boca, selava a irrupção da entrega ao amor. Tempo em que em tudo se dava tempo. Não se casava apenas para homem ter mulher, e mulher, homem. Casava-se para que o amor de um ao outro gerasse uma família.

AMOR

—O que é amor, vó?
— É quando o bem do outro é mais forte em mim do que o meu próprio. Só no bem alheio encontro o meu bem e me sinto bem. O amor se encarna no contorno de um lábio, no odor de uma pele, na ternura de um olhar. Mas a vida ensina que muitas vezes o amor brota contraído e culmina em alegria, enquanto o desamor nasce na alegria e termina em dor.

E alinhavou:

— O amor é tão precioso, mas tão precioso, que não se pode tomar pra si e vender. Pode-se mercadejar prazer, submeter o outro a seu domínio, até exigir carícias. Mas não amor. Amor vem dos recônditos da alma, desponta naquele reduto do coração onde Deus se esconde. Por ser recatado, Deus prefere ocultar-se aos olhos do rosto, embora se desnude todo aos olhos do coração.

Saboreou um minuto de silêncio e confessou:

— Namorar é a melhor coisa do mundo, sobretudo quando o casal se refugia em um canto para se inebriar de encanto. O desejo suplica, o corpo suspira, a alma sonha quimeras perigosas. Nos abraços de seu avô não havia braços, havia berços. Na ânsia da plenitude, ele alçava meu corpo em voo infinito.

Logo ponderou muito séria:

— Lembre-se: de morcego sedento e paixão cega a gente deve sempre manter distância; os dois sugam.

E murmurou:

— No amor é preciso saber desaprender. Entregar-se a ele como o pássaro a seu voo. Render-se à vontade compulsiva de dizer o indecifrável, mergulhar no enigma, segredar o que não é feito de lógica, só de belezas.

Disse ainda que meu avô era só dengos:

— Vivemos tantos anos juntos e nunca viramos parentes. Fomos sempre amantes.

AMOR NÃO TEM VALOR
DE MERCADO

— De uma coisa tenho medo – frisou ela –, de que um dia tudo tenha valor de mercado. Imagino assim: cobro três tostões para acarinhar meu neto. Então o amor se extinguirá por não ter valor de mercado. Haverá apenas prazer: dois tostões por um beijo; três por um afago; cinco por um elogio...

E se perguntava:

— O que será do mundo quando meu vestido tiver mais valor do que eu mesma? Um carro, mais valor que o motorista que o dirige? Uma casa, mais valor do que a família que a habita? E a vida, que valor terá? O pior não é temer a morte. É temer a vida.

— Como a senhora define o amor, vó?

— Tem sabor de céu. Impregna o paladar do coração, essa imensa bola de luz maior do que o sol. Um vive no outro mais profundamente do que cada um consegue viver em si mesmo.

VIDA, UM NOVELO DE LÃ

—A vida é um acidente de percurso – ela frisou. – Como ganhar na loteria, onde a chance é uma para milhão. Basta conferir o número de espermatozoides ansiosos por fecundar o óvulo. E vou reclamar de quê? Do atraso da cozinheira? Da dor nas costas? Da esperança fraudada?

E mais disse:

– A vida é um novelo de lã que Deus deixa escorregar por abismos siderais. E sempre se desenrola nesse espaço que tanto estufa e se prolonga no tempo.

Voltou a insistir:

– Deus é como agulha de pregar botão ou costurar bainha de roupa. Perfura as nossas vidas com a delicadeza da brisa suave e alinhava dons e bênçãos. A agulha quase nem notamos, e sim o bordado que ela tece em nossa existência. Por enquanto, enxergamos apenas o avesso do risco do bordado. São linhas confusas. Do outro lado da vida haveremos de contemplar o lado oposto e, enfim, compreender a formosura do desenho.

ENSINAR

Minha avó foi professora por mais de trinta anos. Perguntei se sentia falta da sala de aula:
— Ensinar é tão bom quanto aprender — disse. — Procurei ser boa mestra. Apliquei sempre a disciplina do afeto. Aluno que se sente amado e valorizado não extravasa os ânimos. Aliás, todos os pais esperam que seus filhos tenham ótimos professores. Mas quantos sonham em ver os filhos à frente de uma classe de alunos?

CORPO DE BAILE

Minha avó comentou que a vida é um imperativo cósmico. E o Universo, imensa cozinha:
– Deus tirou do armário a tabela periódica e com seus ingredientes preparou todo o cardápio da natureza. Variam apenas formas, cores e sabores.
– E a Terra, vó?
– É mulata de escola de samba. Rodopia em torno da própria cintura e, aos poucos, gira em volta do mestre-sala, o Sol. Sou de opinião que o Sol deveria desfilar no sambódromo com suas cabrochas planetárias, como a Terra, que dançam pelo espaço sideral enquanto giram em torno dele. Todo o Universo é um corpo de baile.

ALÍVIO DO CORAÇÃO

— Frente ao surpresar da morte, viver é sempre sorte – sussurrou. – O melhor da velhice é não ter morrido jovem.

E aconselhou:

— Leve sempre o desaforo pra casa, porque se deixá-lo na rua fará muito mal às pessoas. Ao entrar em casa, jogue-o na privada e dê descarga. O coração se alivia.

— Não deixe a mágoa afogar o coração. Isso confunde a razão e desperta ódio. Odiar é atirar-se do alto de um prédio por raiva de alguém, na esperança de que o outro morra. O melhor é não tabelar ninguém, pois se o outro não pagar o preço que lhe impôs, você se sentirá lesado e tomado por ânsias de vingança.

IDADE

Uma tarde, minha avó filosofou:
— Quando daqui a pouco eu completar cem anos, serei uma mulher sem anos. O tempo não é linear, é espiralado. Daqui a cem anos já não serei. O punhado de cinzas que restar da cremação estará integrado ao útero fértil da terra. De minha vida talvez figure em um catálogo público de alfarrábios breve registro de que existi. A ideia da imortalidade é fardo ridículo de vaidade póstuma. Importam os aplausos após os atores deixarem o palco? A notoriedade não me adula. Basta-me a fé de que me aguarda um fim infindo. Quero o colo de Deus. E não mais. Agora sou uma entre mais de sete bilhões. Como cabe tanta pretensão em tão diminuta pequenez? Por que o coração se infla de ambições? Pra que essa sofreguidão insana, a corrida contra o relógio, a irrefreável gula frente ao mundo circundante? Fecho os olhos para ver melhor. A medi-

tação me devolve àquele Outro que não sou eu e, no entanto, funda a minha verdadeira identidade. Renova meu oxigênio espiritual. Revolve esse canteiro que trago no mais íntimo de mim, sempre à espera da inefável semente divina. Porque o verdadeiro amor é sempre (e)terno. Daqui a cem anos terá sido inútil toda a minha pressa. Essa voracidade d'alma será apenas definitivo silêncio no tempo. Estarei emudecida pela deslembrança. Não colherei flores na primavera, nem ouvirei o som da flauta em minhas manhãs orantes. Transmutada no ciclo implacável da natureza, serei o que já fui: multidão de bactérias, húmus de um caule que brota, alimento de um réptil. Tenho 13,7 bilhões de anos. Sei que, como toda matéria, comungo a perene transubstanciação de todas as coisas criadas. Existo, coexisto e subsisto no Universo. Dentro de pouco tempo serei tragada pelo ritmo da entropia. Minhas células se condensarão em moléculas integradas no baile alquímico da evolução. De novo, serei ínfima parte com o todo, como o oceano resulta da interação de pingos d'água. Essa certeza me retém ansiedades. Volto a mim mesma, ao recôndito do espírito, atenta à delicadeza da vida. Tudo é liturgia, basta ter olhos para crer: o pão sobre a mesa, a água derramada no copo, a janela assediada pelo vento, a roda pétrea do amolador de facas, a luz da vela consumindo-se junto ao oratório, o cheiro doce de manga, o mistério do momento exato em que o sono me sequestra, o grito alegre de uma criança a colher flor no que restar de jardim daqui a cem anos. O melhor da existência são as contas de seu colar, as diminutas miçangas que formam belos desenhos, os cacos do vitral. A busca da utopia, a conversa inconsútil com os amigos, a língua perfumada pelo vinho, os salmos recitados na cadência do gregoriano, a sesta de domingo, o gesto de carinho, o cuidado solidário. Daqui a cem anos o mundo estará, como sempre, entregue a si mesmo, porém sem o concurso de minhas ambições, pretensões e inquietações. Meditar no futuro longínquo me aquieta. Impregna-me de algo muito importante: profundo sentimento de desimportância.

Disse ainda:

— Vergonha de idade não havia em mim quando criança. Adorava esticar os dedinhos para mostrar quantos anos tinha. A infância me enfeitiçava, mas eu queria crescer, ficar livre do mando de pais e professoras, tocar a vida com a própria cabeça. Adolescente, eu aumentava a idade, de modo a justificar brincos e colares, batom e ruge, unhas pintadas e saltinhos. A vaidade me deixava mais bonita do que era. Não demorei a me dar conta de que virara moça, e o tempo, célere, logo me arranharia com as suas primeiras unhadas. Então, a minha idade passou a se esconder no segredo. Comemorava aniversário sem revelar quantos anos já não tinha. Porque ninguém tem 12, 35 ou 74 anos. Todos já não têm. Resta-lhes apenas o álbum de fotos gravadas na memória.

Ponderou em seguida:

— Memória não tem idade. Nela se enroscam os fios que nos ligam às pessoas, ao mundo, à vida. Podemos estendê-los à infância, aos tempos de escola, às viagens feitas ou aos amores perdidos. E se ferida por emoções negativas a memória engole um comprimido de amnésia.

Depois me confidenciou:

— Durante três décadas, soneguei minha idade, embora o tempo jamais cessasse de marcar-me com seu ritmo implacável, ao gravar seu compasso inexorável em minha pele, em meus cabelos, em minha voz. Um dia me deparei no espelho com a velha que sou. Velhice é contração do tempo, por isso cria rugas. Sei que hoje muitos preferem eufemismos, chamam a velhice de terceira idade, melhor idade, dignidade, como se isso evitasse nossa qualificação entre a turma da eterna idade, já que estamos mais próximos dela...

E concluiu:

— Se é pra usar eufemismo, prefiro me considerar seminova. Nas revendas, os carros velhos são todos anunciados como seminovos!

— Agora estou prestes a completar cem anos. Preste atenção: não quero festa. Se a família insistir, faça-a a minha revelia e sob uma condição – não admito ser apresentada a ninguém. Já me basta a legião de conhecidos. Agora já não me interessa a quantidade, a efusão de cumprimentos. Prefiro qualidade em doses homeopáticas de amizade.

DEUS

—D eus é uma águia. Ai de nós se não nos abrigamos sob as suas asas – disse minha avó.
— Como é isso, vó?
— Cansado da solidão trinitária, um dia Ele chocou o ovo cósmico e tudo se fez. Dentro do ovo era tudo uma coisa só, como em Deus estão as três pessoas: o Pai, o Filho e o Espírito Santo. E nós, aqui, realçando as diferenças e fazendo delas divergências!

E prosseguiu:
— Deus dorme nas pedras. Anda cansado deste mundo. Não acaba logo com ele porque tem esperança de que o nosso desvario termine antes. Vou dizer uma coisa: nem me importo se Ele hoje decidir acabar o mundo. Me importo, sim, se o mundo continuar como está.

Logo concluiu:

– Deus é sorrateiro e anda pelo mundo disfarçado de morador de rua.
– E o diabo, vó?
– O diabo se demitiu porque Deus não tem mandado ninguém para o inferno.

O PERCURSO DA LUZ

— Vó, sabia que não se conhece nada mais rápido no Universo que a velocidade da luz? Ela viaja a trezentos mil quilômetros por segundo. É fonte de vida. Sem a luz do Sol não haveria vida na Terra.

– Sim, meu filho, no parto diz-se que a mulher deu à luz. Quando viajei à Grécia com seu avô, encontramos um monge ortodoxo. Pedi que me falasse de sua ideia de Deus. Dirigiu-me um olhar que me deixou na dúvida: fitava-me com misericórdia ou lamentava minha incredulidade? Abriu um sorriso tão límpido quanto as águas do mar Egeu e sussurrou: "Deus é luz. Não basta descrevê-la a um cego de nascença. É preciso experimentá-la. E, ao fazê-lo, inútil querer defini-la. Na contramão da filosofia, ama-se a Deus para conhecê-lo. Primeiro crer, depois saber. Assim é o amor, como a luz: deixar-se banhar por ela e, em seguida, enxergar o que ela ilumina."

— Aquele monge me ensinou que no mundo egocêntrico em que vivemos há muitas obstruções ao percurso da luz. A luz, como o Sol, está sempre presente. Nem à noite o Sol se apaga ou deixa de projetar seus raios sobre a Terra. Esta é que, na sua dança sideral, momentaneamente esconde dele uma de suas faces. Ainda assim ele é visível, indiretamente, pela luz projetada na lua. Assim é Deus: ainda que não o alcancemos pela fé, ele se manifesta na natureza, na generosidade, no amor. Não importa que se ignore a física da luz. Importa acolhê-la.

Em seguida, observou:

— O percurso da luz é obstruído pela ambição desmedida, a ira vingativa, o ódio segregador, a injustiça social. "Examine seu coração", recomendou-me o monge grego, "quantos entraves ao percurso da luz!" E evocou João da Cruz: projetada sobre o vidro limpo da janela, a luz de tal modo a trespassa que já não se enxerga o vidro. Porém, se o vidro estiver manchado, a luz ficará reduzida dentro de casa. Se a cortina for estendida na janela, haverá luz e sombra. Se as abas da janela forem fechadas, quem estiver na casa pensará que não há luz. Há. O que não há é abertura para que ela penetre com toda a claridade.

— A luz, meu filho, não vem apenas de fora. Vem de dentro e se expressa — em quem é capaz de deixá-la fluir — por olhos e gestos, palavras e atitudes. Mas há quem ignore carregar luz dentro de si. Há quem tranque portas e janelas do coração. E saia pela vida a projetar sua escuridão interior, repleta de morcegos, fantasmas, ruídos aterrorizadores. Esses são os verdadeiros cegos, incapazes de enxergar a si mesmos.

VIAGEM AO INTERIOR DE SI MESMA

— Além da Grécia, a senhora conheceu outros países?

– Nunca fui de viajar muito. Seu avô, sim, gastava sola mundo afora. Prefiro viajar para dentro de mim mesma. Veja só, já beiro um século de vida e ainda nem percorri metade de mim mesma. Essa viagem interior é desafiadora e cativante. De início, dava medo. Sentia-me trancada em uma casa e, dependurada na janela, olhando apenas o lado de fora. Nunca dentro. Temia viajar pelo interior. Fazia de conta que a casa nem existia; existia tão somente o mundo que via lá fora. Um dia criei coragem. Fui ao encontro do mais íntimo de mim mesma. Não foi fácil empreender a jornada. Logo deparei-me com meus fantasmas interiores. Me assustaram. Não imaginava que eram tantos e tão medonhos. Encontrei, nas dobras do coração, um pote de mágoa repleto de lembranças execráveis, recordações vingativas, feridas abertas. Foi muito difícil quebrá-lo. Não o consegui de uma única vez. Precisei me armar de paciência e, cuidadosamente, arrancar uma por uma cada porção do joio acumulado no pote. Ao terminar a tarefa me senti aliviada. De lagarta medonha me tornei borboleta esvoaçante.

Contou ainda:

– Fiz também uma viagem à minha consciência. Recebeu-me com gentileza, sem expressões de desagrado ou satisfação, educada como rainha ao cumprir agenda protocolar. Com o passar do tempo, ficamos amigas e estreitamos confiança. Então, ela me confessou que a insegurança que a persegue resulta de seu casamento indissolúvel com o inconsciente. Ele é mais forte do que ela. E não gosta de aparecer. Prefere se esconder no porão da casa. Temperamental, é muito imprevisível. Às vezes ela quer fazer o que pensa ser a coisa certa, mas ele interfere abruptamente e a obriga a modificar os planos. Nem sempre ele está equivocado, porém surpreende no modo de agir. É como se ele fosse um oceano subterrâneo, e ela, pequena lagoa pela qual ele emerge. Quem olha de fora vê apenas a lagoa, não percebe que ela é o olho d'água de um oceano submerso. A consciência também me revelou que o inconsciente costuma deixar a sua toca enquanto dormimos. Como não podemos vê-lo quando mergulhados no sono, ele sobe à superfície. É visto apenas pelos olhos da mente. Diz coisas e mostra episódios que parecem confusos à nossa lógica. Às vezes grava a sua visita em nossa memória. Outras, retorna a seu esconderijo subterrâneo sem deixar lembranças, exceto vestígios imprecisos de que por ele fomos visitados. A consciência aconselhou-me estender minha viagem aos porões da casa. Indaguei como fazê-lo, já que não conhecia o percurso e temia ser tragada pelas águas.

– Dado que a consciência e eu ficamos muito amigas, ela me indicou outro caminho para chegar ao inconsciente. Preveniu-me tratar-se de via muito estreita, que exige tenacidade e disciplina. Como frágil pinguela que une dois abismos. A via da meditação. Se conseguisse derrubar a porta que impede o inconsciente de inundar o espaço da consciência, então eu haveria de experimentar intenso júbilo espiritual. "E onde fica essa porta?", indaguei. "É a mente", respondeu a consciência. "Ela dificulta a passagem do quarto da consciência ao porão do inconsciente." "E o que devo fazer para derrubá-la?" "Recolher as suas pipas", me disse. "Pipas, que pipas?" "Todas essas que a mente projeta quando acordada: voos da imaginação, ventania de pensamentos, baú de ideias, acervo de lembranças... E guardar no olvido as manivelas que esticam os fios das projeções da mente: ansiedade, ódio, competição, inveja..." Se eu conseguisse aquietar a mente, aos poucos ela se derreteria como muralha de gelo exposta ao calor intenso. O gelo viraria água e a água, vapor. Assim o inconsciente haveria de inundar a casa da consciência. Preveniu-me, porém, que se eu fosse empreender essa viagem estivesse preparada para atravessar montanhas e desertos, e me deparar com feras e demônios.

Não pensasse tratar-se de um caminhar sem recuos. Às vezes teria muito medo; outras, me sentiria muito só. Teria saudades do que ficou para trás. Se insistisse em ir adiante, haveria de enfrentar períodos de completa escuridão, sem merecer um fio de luz, até o Sol despontar glorioso em minha subjetividade.

Por fim, minha avó completou:

— A união da consciência com o inconsciente seria alcançada se, nessa atribulada viagem, eu ousasse atirar no fundo do abismo toda a bagagem que carrego. Quanto mais abrisse mão de tudo isso a que me apego, mais leve me sentiria e mais rápido viajaria. Caso não me livrasse das bagagens exterior e interior, mais pesada ficaria e mais lentamente caminharia. Se lograsse levar nada, então haveria de transpor os limites que distanciam a consciência do inconsciente. E do outro lado da porta eu encontraria o Tudo. Até hoje, filho, empreendo essa viagem.

NAMORO DIVINO

Minha avó contou que todos os dias, ao entardecer, Deus vinha namorá-la; chegava tímido, com muito dengo, até ela abrir o coração. Então ele entrava e fazia muita festa.

Disse que vivia no descuido da idade porque Deus andava doente de paixão por ela, o que a fazia viver esquecida de morrer.

E filosofou:

– O real é numinoso. E o sagrado, fascinante e terrível. É o limite extremo da realidade. Deus é o fundo amoroso do real.

Um dia arrematou:

– Eucaristia e teofagia são a mesma coisa.

Para ela, Jesus era um tipo raro e bizarro. Não queria tornar as pessoas cristãs. Queria que fossem apenas amorosamente humanas.

VIDA INTELIGENTE

Um dia, sem que eu perguntasse, se saiu com esta:
— Sei que existem outros planetas habitados. É muita pretensão pensar que só o nosso está repleto de gente.
— E por que os extraterrestres ainda não deram as caras por aqui? — indaguei.
— Ora, filho, com certeza já se aproximaram. Mas ao captar nossas vias de comunicação se convenceram de que aqui não há vida inteligente. Desapontados, com certeza foram bater em outra freguesia.

GENTE É SÓ FRAGRÂNCIA

Faro de perdigueiro, minha avó me segredou que as pessoas se atraem como os animais: pelo cheiro que emana da pele e entra pelas narinas, sem que a mente perceba. Só aranhas não têm olfato e, por isso, são cheias de pernas, para experimentar todas as direções. E concluiu:
— Apenas flores têm perfume. Gente é só fragrância.

HOMEM

— Homem devia poder amamentar. Pra saber cuidar – observou minha avó.

Falou ainda que quase todos os rios correm na direção do mar. E que a vida é um rio, um dia desemboca no mar. Então vira mar, como se o rio nunca tivesse existido.

E frisou:

— Tudo que existe, da mais pequenina formiga à multidão que povoa a China, das galáxias mais distantes à voracidade dos buracos negros, já estava contido no ovo primordial que Deus chocou no *Big Bang*.

Indaguei por que o mar não transborda ao beber as águas de todos os rios. Olhou-me com seus olhos luzidios, fez uma pausa de silêncio e retrucou:

— Filho, nenhum coração se sacia de amor, assim como o mar se enche de água dos rios e das chuvas e, no entanto, jamais entorna.

SACOLA

Vi minha avó entrar pela porta da sala carregando uma sacola.
– O que traz aí, vó?
– Trago rendas desbotadas, casas sem botões, solas sem sapatos, um cabo de faca sem lâmina e dois desejos sem utopia. Às vezes tenho a impressão de que é a sacola que me traz, segura pela mão invisível que roubou meu coração.

FELICIDADE

— Felicidade é quando os anjos fazem cócegas em nosso coração – frisou minha avó. – Os demônios odeiam a felicidade.

E arrematou:

— Felicidade é saber casar razão com afeição. E considerar suficiente o necessário.

Contou que havia saído para fazer um passeio socrático.

— Passeio socrático, vó? O que é isso?

— Fui ao shopping e fiquei olhando vitrines. De cada loja saía uma vendedora ou vendedor e me fazia a mesma pergunta: "Posso ajudá-la? A senhora deseja alguma coisa?" E respondi como fazia Sócrates ao percorrer as ruas comerciais de Atenas: "Obrigada. Estou apenas observando quanta coisa existe que não preciso para ser feliz."

TERRA ADOENTADA

Segundo minha avó, ecologia é palavra manca. Não basta conhecer a casa. É preciso saber administrá-la. O termo exato, sem a bengala do entendimento, seria *ecobionomia* – administração da vida na casa. Mas sabia que coisa assim complicada não haveria de ganhar a boca do povo.

– A Terra está adoentada de fazer dó – lamentou. – Os humanos esqueceram de que necessitam da Terra. A Terra não necessita de nós. Pode passar muito bem sem nós. É muita pretensão proclamar que devemos salvar a natureza. Ela viveu bilhões de ano sem a nossa incômoda presença. E igualmente pode sobreviver assim se a espécie humana desaparecer. O que nos cabe é salvar a humanidade, incapaz de prescindir da natureza.

Observou ainda:

— As pessoas se desgarraram da Terra. Como se nas árvores as folhas olhassem os galhos, e os galhos olhassem o tronco sem se dar conta de que flores, folhas, galhos, tronco e raiz é tudo a mesma árvore. E o pior, filho, é desacreditar da raiz, como se as árvores estivessem sobre o solo assim como uma garrafa sobre a mesa. Quanta estultice dar crédito somente ao que os olhos veem! As árvores dependem da raiz. Se a raiz seca, elas morrem. E, no entanto, quase sempre a raiz é invisível aos nossos olhos.

Minha avó comentou que o nosso jeito de querer tirar proveito de tudo fez com que a espécie humana fosse abortada do seio da Terra:

— Agora somos como o filho que, após ser gerado, pensa que não descende dos pais. Nega que todo o seu ser, da cor dos olhos ao tipo de cabelo, dos traços faciais ao modo de falar, teve origem em seus pais, dos quais ele é fruto e extensão. Assim somos nós: filhos da Terra, estupramos a própria mãe natureza, ansiosos por sugar seu leite, engarrafar seu sangue, recolher suas vísceras, no intuito de vendê-los no mercado.

Falou que no início do mundo não havia vento, só aragem.

— Tem dia que o ar se sente tão sufocado por nossas fumaças que dana a correr. Quando se acalma, sopra leve; quando se enfurece, vira furacão. As árvores têm medo do vento; às vezes ele fica sem-vergonha e arranca uma por uma de suas folhas, deixando-as despudoradamente nuas.

Achava as árvores muito vaidosas:

— Gostam de se olhar no único espelho que as faz se sentirem cheias de vida – o Sol. Embora vaidosas, não são como certas mulheres que competem umas com as outras em matéria de beleza. Uma árvore gorda, como a mangueira, não tem ciúmes de uma palmeira magrinha. E o que as árvores mais apreciam é ficar juntinhas, com seus braços entrelaçados em abraços umas com as outras, formando floresta. Aliás, como aprecio esta palavra: floresta. Contém flor e festa!

Frisou ainda que à sombra de uma árvore o calor refresca porque ela se agasalha de beijos do Sol e exala frescor por galhos e tronco:

— As árvores são cheias de pudor. Crescem sem que a gente perceba e, por isso, o broto delas é chamado muda, por não fazer o menor ruído ao florescer. Para não expor suas vergonhas, elas se cobrem de folhas, ramos e flores. E adoram se embriagar de água da chuva.

Comentou que os humanos, mesmo sem saber ou querer, dão um beijo na boca das árvores a cada respiração:

— Elas nos fornecem oxigênio, que aspiramos. E ao expirar, devolvemos a elas gás carbônico.

E frisou que desmatamento é palavra equivocada:

— Ao derrubar árvores promovemos matamento.

À MESA

— Comer é comungar com a natureza – ponderou minha avó. – A alface é vegetal que morreu para nos dar vida. O feijão, cereal que morreu para nos dar vida. A carne, animal sacrificado para nos dar vida.

E arrematou:

— Não gosto de comer sozinha. Comer é comunhão. Comum união. E gula não é ansiedade de encher a barriga, e sim saciar o coração.

Contou que peixe se tempera com laranja; feijão exige um cálice de cachaça; e rabanete se come no final da refeição, como fazia Sócrates, para facilitar a digestão.

TERAPIA

— A psicanálise não cura – alertou minha avó –, apenas apura, e costura com linhas tão frágeis que, se puxar muito, rasga de novo. É ciência, e se equivoca quem recorre a ela como se fosse panaceia. O importante é recobrar a lucidez para percorrer o próprio caminho.

FILOSOFIA E CIÊNCIA

— Filosofia é um produto têxtil — garantiu minha avó. — Tudo se enreda em fios. Tudo se alinhava. Vez ou outra se enrosca ou se esgarça.

E prosseguiu:

— A ciência é o reino das dúvidas, e quando faz perguntas tira o salto alto e pisa no chão. A teologia é o reino das certezas, trafega nas esferas celestiais. A primeira faz perguntas. A segunda crê possuir todas as respostas. Já a filosofia se vangloria de ser bússola da ciência e raiz da teologia. De fato, a filosofia é a imperfeição da inteligência.

Explicou:

— As perguntas mais importantes não têm respostas. Se têm, não são importantes.

SÍMBOLO

Falou que símbolo é a chave do mistério:
– A chave fica na porta, não entra. Quem entra é a inteligência.

E adiantou:

– Não trago em mim nenhuma razão. Coleciono, sim, utopias. Esvaziei uma caixa de sapatos só para enchê-la de utopias. Lá dentro correm rios, despencam cachoeiras, sobem peixes famintos e brilham pedras, todas polidas pelo tempo.

E arrematou como se perguntasse a si mesma:

– Sabia que de pedras polidas nascem flores e frutos?

PROJETO

— Eu, por mim – ponderou ela naquela manhã de domingo –, só quero mesmo é garimpar meu coração e colher flores do desejo.

A PALAVRA ALPENDRE

Um dia, observou:
— Vazio é a palavra mais leve que existe, cheia de nada. Fome, a mais feia, repleta de nossas maldades. Metafísica, coitada, fica espremida entre filosofia e teologia.

E me fez prometer não deixar desaparecer a palavra alpendre.

Em seguida, comentou:
— Nosso idioma é arisco. Manga serve pra camisa e fruta, e outros muitos significados. É como banco, tem o de sentar, o de guardar dinheiro e o indicativo do verbo bancar. Um estrangeiro nunca vai entender a diferença entre Pedro bota a calça e Pedro calça a bota. Chocolate é palavra tão saborosa que deveria vir embrulhada em papel celofane, ou até mesmo ser nome de país. Cartola foi inventada pelo arquiteto que criou o pé-direito. Preguiça é enfado antecipado. Colibri é, na verdade,

uma flor enfeitada de pétalas, e adora beijar as flores para consolá-las por não poderem voar. Volúpia é palavra nascida em boca de vulcão.

Opinou que avião é uma grande ave metálica grávida de passageiros. Navio deveria ser chamado de baleião, e trem, de serpentão. E acrescentou:

— Quem inventa palavras deve ser um sujeito muito arbitrário. Caminhão é nome equivocado, lembra caminho grande, em largura e extensão. Devia ser chamado de autocarga.

Minha avó era cheia de segredos. Pronunciava palavras com muito pudor. Sabia que elas quebram o silêncio. Disse que os peregrinos buscam as copas das árvores para beber uma dose de sombra. E nada cresce direito se de quando em vez não é podado.

Ela escutava o vento. Ponderou que muitos ouvem seu assobio e não o que o vento fala:

— O vento é muito temperamental. Ora corre, ora suaviza, ora afunila, ora se expande. É o humor de Deus. E arco-íris é o jeito de Deus sorrir para o mundo.

Falou ainda que galinha tem asas curtas porque já foi criada para ser alimento e não pra voar; borboleta é uma cor que voa, e cavalo o animal mais imponente. O mais lindo é a cauda do pavão, criada depois que Deus visitou as Arábias.

Para ela, hipopótamo é um rinoceronte que ficou gago e perdeu o chifre sobre o nariz. A tartaruga vive muito porque não tem afobação; caminha miúdo, reflete bastante antes de cada passo, e esconde a cabeça no casco para ficar livre de amolações. No mar, se deixa embalar pelo ondular das águas. E nunca perde a memória. Por isso roda mundo e desova sempre na mesma praia.

PONTOS DE LUZ
RECHEADOS DE MEL

— Abelhas são pontos de luz recheados de mel — comentou minha avó.

— E os vaga-lumes?

— O piscar de olhos de Deus que, no escuro da noite, vem conferir o estado do mundo e toma cuidado para não tropeçar nas galáxias.

Depois murmurou:

— Pássaro tem esse nome porque passa voando, sem que a gente se dê conta, de tão rápido. Já o polvo é aranha que se perdeu na praia e, ao cair no mar, ficou inchada de tanta água.

Ressaltou que as frutas nascem de costas para o céu de modo a evitar que o Sol possa ressecá-las ou amargar-lhe a doçura. Só melancia nasce rasteira, pra não quebrar a espinha da árvore, de tão gorda que é.

Tinha definições memoráveis:

— Vinho é bebida que só deve ser tomada em companhia, nunca sozinho, porque uva não é como laranja, que nasce uma aqui, outra acolá, espaçada no galho. Uva é cacho, punhado; por isso beber vinho sem brindar é heresia, tira o poder que a bebida tem de transubstanciar-se e transubstanciar-nos.

— Morango é coração em forma de fruta. Abacaxi devia ser símbolo de poder: tem coroa, é casca grossa e, com frequência, ácido.

— Caqui é um tomate que estudou em colégio de ricos. Jabuticaba é um olho que se come. Manga, despida da casca, é tão doce e sensual que deveria ser proibida em nome dos bons costumes. E recomendo chupá-la debaixo do chuveiro, para deixar o caldo escorrer pelo corpo nu.

E concluía com sabedoria:

— Quem fala demais se atropela na língua. Língua solta é pipa que, desprendida da linha, voa ao sabor dos ventos. E convém atinar: a palavra jamais encontra o caminho de volta à boca. Se for boa, é bendita. Se for ácida, desdita.

BONDADE

— Toda bondade é assimétrica. E sempre surpreende – comentou certa ocasião.

PODER

Afirmou convicta:
– O poder não muda ninguém. Faz com que a pessoa se revele.

E arrematou em espanhol:
– *Si quieres conocer a Juanito, dale un carguito.*

TREM VOADOR

Minha avó tinha nostalgia de trem, no qual tanto viajou na infância. Dizia ter sido engolida por ele muitas vezes quando mocinha; viajava de lá para cá, de cá para lá, sentadinha no banco de madeira. Os olhos atentos, pregados na janela, viam passar, na correria, campos e morros, pastos e gado, vilas e torres de igreja. Tudo célere como se o mundo ali quisesse se mostrar assim de surpresa, sem muita intimidade.

— Fitar a janela do trem foi meu primeiro cinema, um turbilhão de imagens que se sucediam mastigadas pela fome de ferro das rodas presas aos trilhos.

— Um dia o trem se livrou dos trilhos e, enfurecido, voou na direção do mais alto dos céus. Eu me encontrava sozinha no ventre de ferro. O trem voador parecia imensa jiboia dançarina, abrindo caminho rumo ao infinito. O povo, lá embaixo, mirava o céu estupefato. Muitos clamaram Óóóó! e ficaram para sempre com a boca ovalada e os olhos arregalados.

– O trem subia, subia, enquanto lá embaixo o mundo recuava, diminuía, encolhia, até virar um pontinho perdido no espaço. O trem expelia tanta fumaça que logo descobri que as nuvens que víamos no céu brotavam de sua chaminé.

Depois de contar isso ela fez psiu! com o dedo indicador apertado em vertical nos lábios. Não queria que as pessoas soubessem a verdadeira origem das nuvens. E muito menos que trens ainda voam quando ninguém presta atenção no que acontece sobre nossas cabeças e telhados.

– Lá no céu, o trem parou no coração da Via Láctea. Os vagões se encheram de estrelas. Um cometa se desfez na caldeira para acionar a locomotiva. Foi então que entendi que o Universo é o brinquedo de Deus. Quando menino, Deus se divertia com uma bolinha de hidrogênio. Um dia, deixou cair sobre ela todas as tintas de seu estojo de aquarela. O impacto misturou-as e fez rachar a bola, da qual irrompeu uma luz colorida que se espalhou por todo lado, por todo canto e recanto, semeando estrelas, quasares, cometas e meteoros. Deus então dependurou colares de galáxias brilhantes no pescoço do escuro. E partiu o Sol em várias bolinhas. Em uma delas, chamada Terra, fez surgir a vida, para consolo da solidão divina.

– Sabia que a Lua não tem luz própria? – indagou-me. – Como certas mulheres, se satisfaz ao refletir a que o Sol lhe projeta.

Minha avó jurou que o trem voador ainda viaja por veredas siderais.

NAVIO

Contou que ela e meu avô um dia foram até o porto e embarcaram em um navio de chaminé grande. Tinha até cadeira de espaldar no convés. Mas meu avô não gostou da viagem. Reclamou do peso do navio, que amassava as águas e assustava os peixes. E também do mar, de vez em quando, se agitar em busca de posições mais cômodas...

OVO É O QUE HÁ DE MAIS PERFEITO

Eu lia o jornal na copa, enquanto minha avó preparava um bolo na cozinha. Súbito, desandou a falar:

— Ovo é a coisa mais perfeita que existe: guarda a clara que envolve a gema que contém a ave que põe o ovo. E novo é o adjetivo mais bonito. É o princípio de tudo, e contém a palavra ovo. Até com o Universo foi assim. Antes de tudo ser, havia apenas o ovo que Deus chocou em um ninho de amor.

CRIAÇÃO

Um dia eu andava emburrado e ela me advertiu:
— Nunca desdiga a vida, pois é milagre divino. Dádiva que se insinua nas dobras do Universo desde que ele foi abortado pelo ventre de Deus. O Criador não suportou tamanha gestação. A criatura lhe escapou, inebriada de liberdade.

— Como aconteceu, vó?

— Teve início com uma diminuta esfera, com a qual ele e seus clones brincavam no avesso do tempo e do espaço. Como três crianças com suas bolas de gude. Uma delas extrapolou do âmbito celestial. O Pai se deixou preocupar por tamanha negligência. Sabia que a substância do eterno, caso a bolinha caísse do outro lado, se desfaria em tempo. O Filho não se importou, talvez a curiosidade infantil fosse compensada por sua presença fora daquele âmbito. O Espírito, este sim, abriu suas asas promissoras na alegria de transpor o limite da clausura trinitária e se projetar em tudo aquilo que viria a ser além do Ser. Por isso, o Universo é um acaso. Ou melhor, um caso de amor. E isso nada tem a ver com crença religiosa. Prova disso é que todos amam esse mundo alargado no espaço e esticado no tempo. Ninguém quer pular fora, nem mesmo os suicidas, que se precipitam palco adentro exatamente no momento em que o espetáculo finda e o teatro se esvazia.

Ao final, ponderou:

– Suicídio não é fuga. É gesto de protesto. Dói na cara de quem fica. Todo suicida grava, na consciência dos vivos, monumental interrogação, cuja resposta se esconde nos bastidores obscuros de nosso egoísmo. É quando se cala que o suicida mais grita.

CRIATIVIDADE

— O limite da criatividade humana é o guarda--chuva — observou minha avó. — Ninguém consegue superá-lo. Não impede de nos molhar, é incômodo de se carregar, esquecido com frequência e, no entanto, não há quem invente algo melhor.

TRAGO EM MIM UM QUINTETO

Minha avó não gostava quando eu aumentava o som ao ouvir música. Dizia que o cérebro dela era uma caixa de música. E o que escutava superava todas as sonatas de Mozart e composições de Bach.

– Vó, como é essa música que só você escuta?

Ela fazia movimentos com as mãos curtas e ágeis, como se regesse uma orquestra. E sussurrava inaudível, como se mastigasse a música. Um dia confidenciou:

– Trago em mim um quinteto de piano e cordas, três violinos e um contrabaixo. Tocam maravilhas.

Segredou-me que música é apenas um resso-ar. Fez questão de decompor o verbo. E observou que a sua beleza decorre dos breves intervalos de silêncio.

MÃOS SERVEM PARA ACARINHAR

Um dia eu estava de saída para o aeroporto e ela comentou não mais precisar viajar para conhecer o mundo:

— O mundo, filho, agora cabe na palma de minha mão direita. Basta abri-la e lá está ele com todas as suas reentrâncias e protuberâncias. Se fecho a mão, o mundo some de minhas vistas e se afasta do coração. No coração, o mundo pesa. Porque só se enxerga o mundo de mãos abertas. Só se alcança o mundo de mãos estendidas. O que as mãos fazem, o coração acompanha.

E sublinhou:

— Mãos servem para acarinhar, mesmo quando arredondam bolinhas da massa do pão de queijo. Braços são o que resta das asas dos humanos. As asas viraram braços porque, tomados pela preguiça, deixamos de voar, aferrados à terra em que pisamos. Com medo das alturas, nossas asas se atrofiaram. Restaram os braços, remota lembrança de que somos anjos.

– Como é, vó?

– Não somos humanos desafiados a viver uma aventura espiritual. Somos seres espirituais chamados a viver a aventura humana.

Fez breve silêncio e frisou:

– Sabe, filho, eu penso com os pés. Eles me fazem sentir a concretude das coisas.

VÔLEI É PURO BALÉ

Minha avó sugeriu que brigas de futebol haveriam de cessar se cada jogador tivesse a própria bola. E observou:

– Tênis é um pingue-pongue de salto alto. Basquete é o esporte mais educativo, porque ensina a não errar o cesto na hora de jogar o lixo fora. Natação é aflitiva, parece que os atletas fogem de tubarão. Vôlei é puro balé, a bola serve apenas para marcar o ritmo da coreografia. Hipismo exibe cavalos tão imponentes que, por mim, nem deveria ter jóquei. Não entendo por que golfe precisa de um gramado tão grande para buraquinhos tão pequenos. Xadrez é uma indecência; onde já se viu peão comer bispos e rainha?

AMIZADES

— O que é amizade, vó?
— Vida afora temos muitos conhecidos, mas, mesmo entre parentes, poucas amizades. Amizade é quando a lembrança do outro aperta o coração. Ainda que amigos passem longos meses distantes, ao se encontrarem parece que a despedida foi ontem, e estar juntos é sempre agora, como se o tempo cessasse os ponteiros no infinito. Nada traz mais felicidade que a amizade. Pura gratuidade, desajuizadamente. Nela o entredito supera o dito.

Mas aconselhou:

— Abrace a cautela diante do fascínio de ficar amigo de quem é mais rico do que você. Ele o fará provar delícias que seu paladar jamais saboreou, sua visão nunca contemplou, nem seu corpo experimentou. O rico não o necessita. Pode ser que lhe tenha afeto e lhe queira bem como amigo e companheiro. Porém, há o risco de, encantado pela opulência que o reveste, você passar a ter necessidade dele. Eis o perigo! Ficará deprimido caso ele não o inclua na lista de seus convidados, e se sentirá repudiado quando ele der a outrem uma atenção que você não mereceu.

AMIGOS RICOS

— Como devo me comportar com amigos ricos?
— Se convidá-lo para jantar, aceite se ele se oferecer para pagar a conta. Porém, jamais o convide à mesa na expectativa de que repetirá o gesto. Caso o faça, verá que você é oportunista. A menos que você ocupe uma posição social que possa, de algum modo, favorecê-lo. Então, ao pagar a conta, ele não o fará por generosidade, e sim por investimento.

Aconselhou-me:
— Não dê um passo maior que as pernas. Se o fizer, contrairá dívidas financeiras e morais. Gastará o dinheiro que não tem em roupas, viagens e outros caprichos. E transmitirá aos outros uma imagem que, de fato, não corresponde à sua real condição social. O que o tornará facilmente vulnerável à corrupção.

— Que outros cuidados tomar?

– Fique longe daqueles que são sempre sorrisos e agrados a quem ostenta riqueza e poder. Esses são os piores tipos. Têm caráter de ratos famintos para abocanhar o queijo. Não se movem por princípios, apenas por interesses. E ao se aproximar deles você correrá o risco de ficar contaminado. Busca, de preferência, amizade com os seus iguais. Se for sábio, será amigo de quem tem menos do que você.

E emendou:

– Nunca espere que o seu amigo pague a conta do bar ou restaurante. Divida com ele as despesas. Se ele não tem recursos, convide-o. Porém, se você não tem dinheiro, jamais se sente para comer ou beber sem antes revelar a sua penúria.

A VERDADE SE DESDOBRA NO TEMPO

Um dia me recomendou prudência:
— Diante dos amigos, não finja saber o que ignora. Antes que o tema se aprofunde, confesse logo a sua ignorância e se disponha a aprender. Caso contrário, seu blefe deixará transparecer a verdade, e a sua vergonha será maior. Se o seu amigo o humilha em público, evite que a sua emoção desborde em agressão. Melhor guardar silêncio. E ele se dará conta de como é estulto e, você, magnânimo. Não perca tempo em disputar quem tem razão sobre determinado assunto. Dê a sua opinião e ouça a dos outros. Se não concordam, não multiplique palavras em defesa do seu ponto de vista. A verdade sempre se desdobra no tempo.

Se o seu chefe ou patrão se sentar descontraído à sua mesa, não se considere íntimo dele. Se ele comer ou beber mais que o devido, não faça o mesmo. Mantenha certa distância e ele o respeitará ainda mais. Todos gostam de você? Desconfie, não dos outros, mas de si mesmo. Há que ser frio ou quente. Segundo as Escrituras, o Senhor vomitará os mornos.

Aconselhou ainda:

— Ao sentar à mesa com um amigo, fale de seus feitos, sem se mostrar orgulhoso; partilhe os seus sonhos, sem se sentir ridículo; confidencie os seus segredos, sem parecer inseguro. Amizade é questão de densidade.

AMIGOS IMPORTANTES

Minha avó ponderou:
— Se você tem um amigo importante, não se gabe disso junto a terceiros. Guarde-o como uma joia preciosa. Se cometer a imprudência de fazê-lo, pode ser que amanhã um dos seus amigos peça que interfira junto àquele que é importante a favor de uma causa que não é sua. Você ficará entre o martelo e a bigorna.

Sensata, aconselhou:
— Nunca se vincule afetivamente a quem você admira. Sobretudo quando a admiração não for recíproca. Você sofrerá decepções. O admirado o evitará. Não terá a mesma propensão em criar laços afetivos com você. Isso o fará se sentir preterido. Pode ser até que o admirado, se não tiver bom caráter, faça de você um servo. Utilizará em proveito dele os dons que você tem. E, em especial, a sua disponibilidade. E quando esgotar as possibilidades que você oferece, ele haverá de descartá-lo.

Disse ainda:

– Saiba escolher bem as suas amizades. Evite que façam parte de seu ambiente de trabalho. Assim como não se come a carne onde se ganha o pão, melhor não estreitar amizade com quem, amanhã, você terá que advertir, transferir ou demitir. Pois a amizade imprime aos amigos sensação de segurança. E você haverá de ferir profundamente o seu amigo ao tomar uma atitude profissional que desagrade a ele.

O VERDADEIRO AMIGO

— Como reconhecer um verdadeiro amigo, vó? – É aquele que você gosta de encontrar ainda que os dois fiquem horas em silêncio durante uma viagem ou em torno de uma garrafa de vinho. Não há censura no que é dito. Nem cobrança quanto às atitudes do outro. No entanto, o amigo o adverte quando julga importante. Ainda que você não lhe dê ouvidos, continuará seu amigo. Sobretudo porque um conhece as fraquezas do outro.

– Se as confidências brotam apenas de sua parte, é possível que o seu amigo não o inclua entre os melhores amigos dele. Nem sempre somos tão amigos de quem nutre por nós profunda estima. E ao perceber que seu amigo não lhe retribui a confiança, não cobre isso dele. Se o fizer, correrá o risco de perder o amigo. É natural que o grau de amizade que você tem por ele seja muito superior ao que ele tem por você. E qualquer cobrança para que isso seja diferente gerará constrangimento. Ainda que não perceba, seu amigo poderá se distanciar. A propósito, seja cauteloso com quem parece ser um potencial concorrente. Busque amizades entre aqueles que em nada dependem de você, nem você deles. Há o risco de, amanhã, a confidência feita hoje se voltar contra você. Amigos de hoje podem ser adversários amanhã e inimigos no futuro.

CARÁTER

Minha avó me advertiu:
— Tenha plena consciência dos valores que regem a sua vida. E jamais se deixe inebriar pelo cheiro do dinheiro. Aceite com dignidade a sua condição social. Caso contrário, você será movido pela ambição, cuja rota é demasiadamente esburacada. Se cair em um dos buracos, o que é provável, sentirá profunda frustração. Toda frustração é proporcional ao tamanho da ambição. E muitos amigos lhe darão as costas.
— Como avaliar o caráter de uma pessoa?
— Uma boa medida é o modo como essa pessoa trata a faxineira ou o garçom. Há os gentis e respeitosos; os indiferentes e autocentrados; os estúpidos e grosseiros. Esses últimos, se são homens, um dia haverão de tratar a mulher do mesmo modo. Observe também se é irascível, do tipo que não admite a menor discordância, se exalta diante de uma opinião contrária

e jamais aceita críticas; afaste-se dessa pessoa. Não vale a pena perder tempo com quem se julga cheio de razão. Repare que pessoas agressivas, que se arvoram em arautos da verdade e juízas do mundo, e não admitem discordância, são em geral inseguras. A insegurança cria um escudo de ferro para encobrir a fragilidade. Caso você se enquadre nesse perfil, saiba que as suas amizades serão passageiras e superficiais. Ainda que você não se dê conta, os amigos tratarão de evitá-lo. Já os parentes se verão obrigados a suportá-lo, exceto os que são tão irascíveis como você.

— Contenha a sua língua — aconselhou. — Este pequeno músculo é capaz de nos meter em grandes enrascadas. Nunca julgue que seu amigo é capaz de guardar segredo como você. Mantenha a boca fechada. E se ele pedir para partilhar um segredo seu, pergunte-lhe se é capaz de guardá-lo a sete chaves. Quando responder que sim, diga que você também...

PRECAUÇÕES

Preocupava-a o cuidado na amizade:
— Traga na agenda a data de aniversário de seus amigos mais queridos. Lembrar-se de alguém é homenageá-lo. Se o seu amigo adoece na mesma cidade em que mora, não deixe de visitá-lo. Não se omita sob qualquer desculpa que a sua mente venha a criar para tentar se justificar. A visita contribuirá para a cura do enfermo e livrará o seu coração da bactéria do egoísmo.

Recomendou ainda:
— Seja sempre amigo do casal, jamais apenas do marido ou da mulher, a menos que um deles não o apresente ao esposo ou à esposa. Se o marido ou a mulher confidenciar-lhe crises conjugais, ouça sem emitir juízos. Torça sempre pela felicidade do casal. Nunca tome o partido do marido que acusa a mulher ou da mulher que acusa o marido. Se tomar o partido do marido,

ele o rejeitará ao se reconciliar com a mulher. O mesmo se tomar o partido da mulher.

Mas insistiu:

— Se a esposa busca os seus ouvidos pacientes para desabafar, jamais cometa a estultice de segredar ao marido dela o que ouviu. Nem conte a ela o que o marido lhe confidenciou. Não deixe que os dois saibam o que um e outro falaram a você. Estimule-os a se falarem. Como confidente, preserve-se na razão, sem olvidar que você lida com um casal que naufraga na emoção.

Sem ser moralista, minha avó era precavida:

— Não convém a um homem casado cultivar amizade com uma mulher solteira sem que a dele saiba. A sonegação abre a porta à sedução. Se solteiro, evite cultivar amizade com uma mulher casada sem se tornar amigo também do marido dela. Falsas impressões engendram grandes confusões.

E frisou:

— Lembre-se: o ser humano é o único animal que sorri. Sorria o mais que puder. O bom humor é miraculoso remédio para curar os males do corpo e do espírito. E ajuda a prolongar a vida.

(DES)CONFIANÇA

— Desconfie de pessoas que posam de espiritualizadas, se consideram mais religiosas do que os demais e, no entanto, são incapazes de refrear a língua, a gula e a vaidade.

E ponderou:

– Julga-se um bom devoto? Se ainda não refreou a sua língua e se compraz em falar mal da vida alheia, sua vivência é como estrada mergulhada em sombras. Se carrega um coração pesado de mágoas e ressentimentos, sua crença não passa de uma vaidade do espírito. É profunda a sua fé? Se não é capaz de conviver com o diferente, ouvir críticas, tolerar os que pensam e agem de um modo diverso do seu, a sua piedade é como flor de plástico enfeita, mas não tem vida. Não crie um deus à sua imagem e semelhança. Não se arvore em modelo de cristão. Faça de Jesus o seu paradigma. Aja como ele agiu.

Também advertiu:

— Lembre-se: aqueles que trabalham para você trabalham, em primeiro lugar, para si próprios. Seja exigente sem deixar de ser complacente. Exija deveres sem olvidar direitos. E saiba que é melhor correr o risco de errar com os pobres do que pretender acertar sem eles.

Recomendou ainda:

— Ao menos uma vez ao ano pergunte aos que trabalham ao seu lado o que pensam de você. E ouça sem querer se explicar.

DESPOJAMENTO

Anotei breves conselhos de minha avó:
— Não acumule o que já não é necessário, ainda que útil. Faça chegar o seu supérfluo a quem dele necessita. Seu coração ficará leve como o voo das gaivotas no verão.

— A boca satisfaz a gula do estômago; os olhos, a do coração; a mente, a do espírito. Saiba jejuar a voracidade da boca, dos olhos e da mente. E encontrará a felicidade.

— Alegra o seu espírito, faça o seu corpo dançar.

— Não venda a sua vida ao dinheiro. Ele jamais poderá pagar o preço que ela vale.

— Tem um carro luzidio, uma casa aconchegante, uma gorda conta bancária? Pergunta o que há dentro de você. Não faça das posses a cobertura de creme do bolo de suas mazelas.

— Tira alguns minutos do dia para meditar. Feche-se no seu quarto, banheiro ou escritório. Desligue todos os sons: telefone, rádio, TV etc. Cerra os olhos e fixa a atenção na respiração. Presta atenção ao interior do seu corpo, à sua subjetividade. E não se apegue às imagens e aos pensamentos da mente. Esvazia-a.

— Arranca do coração, como quem puxa uma planta daninha pela raiz, todo sentimento negativo. Caso contrário, ficará envenenado por seus maus espíritos.

— Faça uma prece antes das refeições. Assim, alimentará o espírito e, em seguida, o corpo.

— Afixa à parede textos espirituais. Renova-os a cada semana. Eles trarão novo alento à sua morada.

— Não se habitue a conviver com a injustiça. Mantenha viva a sua indignação.

— A paz não se resume a uma disposição do coração. É fruto da justiça.

— Jamais se envergonhe de sua cultura. Ela é a sua raiz e identidade. Quem é mais culto: o professor de física quântica ou a cozinheira analfabeta que lhe prepara manjares de dar água na boca? Lembre-se: não existe ninguém mais culto do que outro. Existem culturas distintas e socialmente complementares.

E arrematou:

— Para sobreviver, o professor de física quântica depende mais da cultura da cozinheira analfabeta do que ela dos conhecimentos dele.

COMER, ATO HOLÍSTICO

— Vó, gostou da batedeira elétrica que lhe dei de aniversário?
— Eu já lhe agradeci. E pensei não mais comentar. Já que perguntou, serei sincera: gosto de fazer bolos, como você bem sabe. Acho muito prazeroso eu mesma bater claras e gemas. Sei que máquinas modernas dispensam o trabalho humano, e muitos consideram isso progresso. Não é o meu caso. Pode ser teimosia, mas prefiro eu fazer o trabalho, ainda que demore mais. Não sei ficar sentada na cozinha apertando botões, à espera de máquinas fazerem por mim. Você sabia, filho, que um dos melhores temperos dos alimentos é o toque humano? Por mais atrativos, os alimentos industrializados nunca serão tão saborosos como a comida caseira. Sei que há máquinas inteligentes, mas não sábias. Elas operam por cálculos, e eu por sentimentos.

– Você é uma cozinheira de mão cheia, vó, e temo que, com tanta tecnologia culinária, um dia desapareça essa profissão.

– Filho, isso não vai acontecer, porque para nós, humanos, comer não é ato meramente biológico. É obra de arte. Não somos como urubus ao encontrar carniça ou cães que rasgam com os dentes a carne presa ao osso. Para nós, comer é um ritual. Uma festa. Comemos com a boca, os olhos, o odor, a pele. Nosso apetite acorda quando escutamos os chiados de uma fritura ou o borbulhar da sopa.

Observou em seguida:

– É uma grave desfeita não homenagear quem, com tanto esmero, preparou o alimento. É uma blasfêmia comer sozinho, de olho na TV, sem sequer desfrutar o sabor de cada alimento ingerido. É pecado suscitar à mesa emoções negativas. É empobrecer a nossa humanidade aplacar a fome com um alimento indefinível, cujos ingredientes são de procedência duvidosa, como é o caso de certos sanduíches que mais parecem saídos de um laboratório de química. Culinária é arte milenar que nos identifica como seres culturais. Os demais animais a desconhecem. O humano irrompeu no dia em que do cru obtivemos o cozido.

E continuou:

– Comer é ato holístico. É a natureza que nos entra pela boca, com toda a sua rica e múltipla capacidade de nutrir a nossa existência. É em nós que, de modo exemplar, ela se recicla. Somos a usina de reciclagem da natureza. Ela nos oferece, por meio de verduras, legumes, cereais, carnes e frutas, os nutrientes essenciais para que a nossa vida se mantenha. Cada célula, cada molécula, cada átomo do nosso ser se alimenta do que ingerimos. Toda a nossa constituição biológica, incluído o cérebro, é um complexo e harmonioso sistema digestivo.

— Digo as coisas do meu jeito, filho: comer é um beijo na boca da natureza. Verduras, frutas, cereais e carnes, tudo vem da natureza. Comer é se relacionar com a fauna, a flora, a atmosfera, a água. Comer é também liturgia. Arrumamos a mesa, dispomos os talheres, pratos e copos, sentamos juntos, comungamos os alimentos com parentes e amigos. Isso nos sacia a alma e o corpo. Comer não é apenas necessidade biológica. É ato cultural que nos exige conhecimento, memória, raciocínio e inteligência. Conhecimento do que nos é oferecido no cardápio ou no prato. Todo cardápio tem identidade – mineiro, baiano, gaúcho ou paraense; italiano, francês, chinês ou japonês. E cada ingrediente tem a sua história. Alguns são mais próximos de nós, latino-americanos. Tiveram origem em nosso continente, como o milho, a batata, a mandioca, o tomate e o chocolate. Outros vieram do Oriente, como o azeite, o café e a canela. Comer exige memória. Não enquanto guardiã do conhecimento, e sim enquanto evocação de nossa identidade familiar, étnica, provinciana e nacional. Como reage um mineiro radicado na Austrália ao se deparar com um feijão tropeiro ou uma canjiquinha com costelinha de porco? E o gaúcho ao ingressar, em Nova York, em uma churrascaria? No prato à nossa frente há muito mais do que a combinação de certos ingredientes. Há a lembrança da avó, da mãe, da antiga cozinheira da família, do tio que gostava de pilotar um fogão. Há recordações da infância e dos tempos de antanho. Por que segregar certos alimentos? São eles que nos fazem mal ou somos nós que não sabemos prepará-los adequadamente? Que culpa tem o feijão se quebramos os dentes ao insistir em comê-lo cru? Há que respeitar a consistência de cada alimento, sua textura, seu ponto de amadurecimento, seu potencial em multiplicar-se em inúmeras iguarias, como a uva que nos dá a fruta, o vinho, o suco, a passa. Não devemos saber apenas o que convém comer. Para a boa saúde do corpo e da alma, urge também saber onde, como e com quem. Nada pior do que comer na bancada de um bar com o rosto virado para a parede. Ou ao lado de um depósito de lixo. Dá engulho e compromete a boa saúde do estômago dividir a mesa com quem exala pessimismo ou suscita discussões ofensivas. E mastigar demasiadamente rápido, sem utilizar os dentes para triturar os alimentos, sem sentir-lhes o sabor, sem saciar o potencial das papilas gustativas, é desperdiçar o alimento e acumular gorduras no organismo. Não convém virar o prato de sopa na boca, como quem bebe água de uma tigela, nem cortar a carne com os dentes. Comer é compartir o pão, de onde deriva a palavra companheiro. Não há tempero que salve uma refeição em clima de litígio. Não se pode desfrutar de um bom vinho com quem vem nos cobrar uma dívida. Cada um de nós tem a sua identidade culinária. Meu velho amigo Ricardo K. gosta de receber seus comensais com um delicioso *goulash*. Já Margarida G. oferece uma inesquecível *quiche lorraine*. Minha irmã Cecília presenteia os irmãos, no Natal, com a torta *Miss Guinty*. Meu irmão Nando faz pizzas melhores do que comi na Itália. Eu preparo um bom feijão tropeiro e um camarão à provençal regado de azeite, e não de manteiga. A alimentação é um rico código simbólico que nos reinventa. Até no ato sexual se diz que um vai comer o outro – fusão, integração, coroação. Banalizar a cozinha é desumanizar, filho. E por razões de espaço (casa pequena) e de tempo (melhor ligar para o delivery que ir para a cozinha) estamos suprimindo algo imprescindível na boa alimentação: o ritual ou a alquimia da sua preparação. Ainda que nem todos participem do preparo, a cargo da cozinheira, de alguma forma o trabalho dela impregna todo o ambiente: o cheiro do assado, o corte da cebola, a suntuosidade do queijo, a textura da calda do doce.

– Hoje, devido ao temor da rua noturna, do trânsito enviesado e dos preços dos restaurantes, viciados em TV e internet preferem telefonar e pedir uma pizza ou um prato chinês. São comidas, filho, que, embora repletas de história, carecem de afeição. Saciam, mas não deliciam. Enchem barriga, não o coração. São pratos a serem devorados, não desfrutados. Uma refeição que viaja de moto é como carinho pelas redes digitais. Carece de encanto, de magia. Isso explica o prato feito, agora na base do self service e com o nome de comida a quilo. Tem suas vantagens: preço, variedade, rapidez, frescor dos alimentos devido à acelerada rotatividade dos comensais. Jamais, porém, produzirá um chef. A comida a quilo segue um padrão que a isenta de sabor e requinte. Cada um que tempere a sua como lhe convier. E haja comida no prato dos apressadinhos, que tudo mesclam, sem o menor respeito à identidade de cada ingrediente. Sabe por que não gostamos de comer sozinhos?

– Por quê?

– Porque aprendemos a comer integrados à mãe, quando ainda agasalhados pelo ventre materno. Os alimentos têm textura, sabor, aroma, cor e som. Sabia que os alimentos têm som? Nunca escutou o farfalhar da alface? O esguicho da laranja cortada? E a cebola não lembra um planeta? A melancia, o globo terrestre? A jabuticaba, uma azeitona doce? O melão, uma abóbora que se afogou no caldo de cana?

HERMAFRODITIZAÇÃO GERAL

Minha avó achava que o mundo endoidou:

— Antigamente — dizia ela —, homem era homem e mulher, mulher. Os primeiros vestiam calças, *as segundas* (como ela falava), saias. De repente, tudo embolou: mulher de calças e homens de saias. Mulher que se faz de homem e homem que se faz de mulher. Uma hermafroditização geral.

Perguntei se os recriminava.

— De modo algum. Isso de sexo é coisa de Deus e de bicho, e os dois são desprovidos de regras. E nós, homens e mulheres, somos seres sagrados e bichados. E bichos metidos a bestas! Tem bicho que é monogâmico, fiel até à morte, como várias espécies de pássaros, e tem bicho que adora harém, como os leões-marinhos. Se homem transa com homem e mulher com mulher isso é da nossa natureza, e ninguém tem nada a ver com isso. O que importa é o amor. E o amor não tem sexo. É coisa de Deus. Se há amor, tudo se agasalha em bênçãos. Se não há amor, ainda que a relação seja entre homem e mulher, tudo é devassidão e merece maldição.

CIRCO

— Circo é o que há de mais atraente, faz a gente voltar a ser criança. Parece um grande suspiro, cheio de doçuras e redondo como um carrossel. Apresenta espetáculos que, de tão surpreendentes, confundem as nossas emoções. Ora causam aflição, ora provocam risos, ora suscitam medo, ora nos escancaram a boca de tanta apreensão. Por isso, convém comer pipoca no circo para os dentes não morderem a língua.

MATRIOSKA

Somos como bonecas russas, conhecidas como Matrioska, que cabem uma na outra, disse minha avó:
– Filho, você não é só você. Dentro do seu coração, do seu sentimento, de sua memória e de suas entranhas, há uma legião de pessoas. Portanto, nunca se sinta só, a menos que levado pela ignorância. E jamais se feche às pessoas que o povoam. Ore pelos que já partiram e se abra aos que ainda vivem. Cada um de nós é um feixe de relações.

CAVALO DE SÃO JORGE

Encontrei minha avó, certa noite, no alpendre. Tinha os olhos fixos na Lua cheia que dourava a noite.

— Vó, por que mira tanto a Lua? Está enamorada dela?

— Que nada, filho. Estou é preocupada. Depois que São Jorge matou o dragão, vi seu cavalo branco pastar entre crateras. Agora a Lua vai minguar e ficar tão estreitinha que me vejo aflita com o que será do cavalo. São Jorge com certeza se refugia no céu, enquanto a Lua não volta a engordar. Mas e o pobre do cavalo, apertado ali na Lua minguante?

UM CARNAVAL
QUE NUNCA CESSE

Perguntei se gostava de Carnaval. Minha avó retrucou:

— No Carnaval, prefiro baile à fantasia à loucura insaciada dos que desfilam em blocos seus desejos irrefreáveis. Pudesse, arrancaria do coração uma por uma de suas máscaras: de cínico, de farsante e de pusilânime.

E acrescentou séria:

— Quero-me nua na passarela na qual me exibirei pelo avesso — aversões e preconceitos, contradições e mesquinharias. Sairei desfantasiada de barro e sopro, tal qual Deus me pôs no mundo. Serei anônima na euforia da escola de samba que terá, como enredo, a triste sina da alegria infeliz. Embriagada de nostalgias, contemplarei o brilho sideral dos carros alegóricos que atravessam em corso a Via Láctea. Cantarei marchinhas no coro dos anjos e clamarei em altos brados todos os efes da fartura brasileira: fé, festa, feijão, farinha e futebol. Segredarei à porta-estandarte o ritmo de minha respiração compassada e compassiva. Desatolada de todas as alegorias, entrarei em meditação em pleno apogeu do recuo da bateria.

– Cessado o burburinho das ruas, esmaecidas as luzes, adormecidos os foliões, atravessarei sozinha o sambódromo e recolherei do chão as sombras das tristezas fantasiadas de júbilo, das lágrimas contidas no ritual do riso, das ilusões defraudadas pela realidade. Deixarei ali os retalhos dessa descomplacência que me atordoa o espírito, na esperança de que a magia do próximo desfile exiba, em solene pompa, essa represada voracidade amorosa.

– Se por acaso cruzar com Momo, hei de sugerir que se aposente. Carnaval agora é a festa da comilança que empanturra a luxúria. São olhos glutões a engolirem, sôfregos, seios e bíceps e coxas e nádegas e braços e pernas, sedentos de narcísico reconhecimento, imprimindo ao espírito o fastio irremediável, tão enjoativo quanto a certeza de que, das cinzas da quarta-feira, a fênix da esbelteza não renasce.

– Se a bateria prosseguir ressoando em meus ouvidos, apelarei a Orfeu para que me empreste a sua lira e me permita mergulhar nos mares subterrâneos do inconsciente. Aspiro o canto inebriador das musas, e prefiro a agonia imponente do órgão e a suavidade feminina da harpa aos sons desconexos dessa parafernália que bem traduz as minhas atribulações.

— Carnaval é feito de momentos e eu, de tormentos. Devo fugir para alguma ilha deserta, abscôndita, embarcada no mar revolto de meu plexo solar ou fingir na avenida que os deuses do Olimpo vieram coroar-me? Onde andarão as cabrochas do meu bem-viver e o mestre-sala do meu destino?

— Ah, quem dera pudesse eu trocar de humor a cada nova roupa, rasgar os mantos lúgubres que não me protegem do frio, acreditar nessa inversão de papéis que me conduz à apoteose exatamente quando o show é obrigado a cessar! Deixarei me banhar de confetes na folia e me enroscarei em serpentinas para encobrir essa minha ânsia de desnudar a alma despudoradamente.

— Ao amanhecer, quando o exército da faxina adentrar, serei encontrada estirada no asfalto, cada pedaço de mim espalhado em um canto, à espera de que as vassouras me juntem os cacos, cicatrizem as articulações, energizem os meus ossos e inflem a minha carne, até que eu ouse o mais difícil — fantasiar-me de mim mesma. Então, ingressarei no baile da transparência, exibirei as vísceras no bloco da sensatez, trarei lá do fundo de meu ser a fonte de uma alegria que inaugura o império do silêncio.

— Fantasiar-se de si mesma, vó?

— Sim, arrancarei todos os adornos que me disfarçam aos olhos alheios: a postura arrogante, o olhar altivo, os títulos que me fazem sentir importante, a roupa que me enfeita a personalidade. Despenteada, descalça, desgarrada do trio elétrico, buscarei um bar para embriagar-me de esperanças. Do coração, extrairei todas as pedras que lhe encobrem a textura de carne: a ira e o ódio, a mágoa e o ciúme, a inveja e a indiferença. Cantarei o samba-enredo das bem-aventuranças e trarei alvíssaras aos que padecem de desesperança. Desnudada desses artifícios que projetam de mim um simulacro, hei de descer do pedestal que me ampara a autoestima para cortar as asas de minha pusilanimidade. Evitarei assim gravar como epitáfio ter sido o que não sou. Não abominarei minha acidental condição humana, tão frágil e limitada. Despojada dos fantasmas nos quais me espelho, sairei livre e solta no bloco Nau dos Insensatos. Exibirei o meu rosto lavado com todas as rugas gravadas por minha história de vida. Não me envergonharei dos traços irregulares do meu corpo nem cobrirei a cabeça para esconder meus cabelos alvejados. Hei de participar do desfile das escolas de sabedoria. Deixarei Buda calar as vozes que tanto gritam dentro de mim, e pedirei a Confúcio ensinar-me o caminho do equilíbrio. Serei discípula peripatética de Sócrates e aluna disciplinada na Academia de Aristóteles. Farei coro aos magníficos clamores de Maria por justiça, e dançarei com Hipácia nas pedras lisas do porto de Alexandria. Subirei as ladeiras de Assis para saudar aquele que ousou se desfantasiar por completo, e cruzarei as muralhas de Ávila para beijar as mãos daquela que me instrui nas vias da profundência. Inebriada pelo vinho de Caná, desfilarei no carro alegórico dos místicos e me deixarei conduzir pelas inescrutáveis veredas da meditação. Ao carro abre-alas convidarei todos os incrédulos que professam fé na vida. Quero muito júbilo no Carnaval, festa da carne transfigurada pela alegria do espírito e transubstanciada pela sacralidade que a impregna. Festa de sorriso d'alma e da partilha perdulária de todos os meus bens materiais e simbólicos. Nesta louvação de Momo, não serei pierrô ou colombina, palhaço ou pirata. Liberta de máscaras e fantasias, ousarei exibir na Praça da Apoteose a nudez de meu lado avesso. Haverão de contemplá-la aqueles que, livres dos óculos da ilusão, abrirem os olhos da empatia. Quando o som agônico da cuíca se calar no irromper da alvorada, desfantasiada de mim mesma hei de sambar, em reverentes rodopios, em torno do mestre-sala: Aquele que nos primórdios do tempo, quando nada havia, quebrou a solidão trinitária no exuberante baile enfeitado de confetes e serpentinas que, iluminados pelo brilho dos fogos, se fizeram estrelas e galáxias para marcar o desfile evolutivo da mãe natureza. Então a vida irromperá na avenida em todo o seu esplendor, e a multidão verá que ela não é mera alegoria. Ficarei tão leve que, com certeza, voarei sem asas, embriagada pela euforia que o Carnaval suscita.

— Que maravilha, vó! – exclamei.

— E quero mais; quero um Carnaval que nunca cesse e seja tão deslimitado que faça os mortos dos cemitérios saírem pelas ruas em infindável cordão, entoando loas à vida. E que o brilho do coração irradie tanta luz que traga aos meus olhos a cegueira para o transitório. Quero que sejam ternas e eternas as minhas alegrias, distantes dos melindres fugidios, entregues às mais puras melodias e às mais inefáveis poesias.

Minha avó transvivenciou aos 105 anos. Tomou um cálice de vinho tinto, fez uma oração, recostou-se, fechou os olhos. Saiu do casulo e virou borboleta.

OBRAS DE FREI BETTO

EDIÇÕES NACIONAIS:

1. *Cartas da prisão – 1969-1973,* Rio de Janeiro, Agir, 2008. (Essas Cartas foram publicadas anteriormente em duas obras: *Cartas da Prisão* e *Das Catacumbas*), Rio de Janeiro, Civilização Brasileira. *Cartas da Prisão*, editada em 1974, teve a 6ª edição lançada em 1976. Nova edição: São Paulo, Companhia das Letras, 2017.

2. *Das catacumbas,* Rio de Janeiro, Civilização Brasileira, 1976 (3ª edição, 1985) – obra esgotada.

3. *Oração na ação,* Rio de Janeiro, Civilização Brasileira, 1977 (3ª edição, 1979) – obra esgotada.

4. *Natal, a ameaça de um menino pobre,* Petrópolis, Vozes, 1978 – obra esgotada.

5. *A semente e o fruto, Igreja e Comunidade,* Petrópolis, Vozes, 3ª edição, 1981 – obra esgotada.

6. *Diário de Puebla,* Rio de Janeiro, Civilização Brasileira, 1979 (2ª edição, l979) – obra esgotada.

7. *A vida suspeita do subversivo Raul Parelo* (contos), Rio de Janeiro, Civilização Brasileira, 1979 (esgotada). Reeditada sob o título de *O aquário negro*, Rio de Janeiro, Difel, 1986. Nova edição do Círculo do Livro, 1990. Em 2009, foi lançada pela Agir nova edição revista e ampliada, Rio de Janeiro – obra esgotada.

8. *Puebla para o povo*, Petrópolis, Vozes, 1979 (4ª edição, 1981) – obra esgotada.

9. *Nicarágua livre, o primeiro passo*, Rio de Janeiro, Civilização Brasileira, 1980. Dez mil exemplares editados em Jornalivro, São Bernardo do Campo, ABCD-Sociedade Cultural, 1981 – obra esgotada.

10. *O que é Comunidade Eclesial de Base*, São Paulo, Brasiliense, 5ª edição, 1985. Coedição Abril, São Paulo, 1985, para bancas de revistas e jornais – obra esgotada.

11. *O fermento na massa*, Petrópolis, Vozes, 1981 – obra esgotada.

12. *CEBs, rumo à nova sociedade*, São Paulo, Paulinas, 2ª edição, 1983 – obra esgotada.

13. *Fogãozinho, culinária em histórias infantis* (com receitas de Maria Stella Libanio Christo), Rio de Janeiro, Nova Fronteira, 1984 (3ª ed. 1985). Nova edição da Mercuryo Jovem – São Paulo, 2002 (7ª edição).

14. *Fidel e a religião, conversas com Frei Betto*, São Paulo, Brasiliense, 1985 (23ª edição, 1987). Edição do Círculo do Li-

vro, São Paulo, 1989 (esgotada). Terceira edição, ampliada e ilustrada com fotos, São Paulo, Editora Fontanar, 2016.

15. *Batismo de sangue* – Os dominicanos e a morte de Carlos Marighella, Rio de Janeiro, Civilização Brasileira, 1982 (7ª edição, 1985). Reeditado pela Bertrand do Brasil, Rio de Janeiro, 1987 (10ª edição, 1991). Edição do Círculo do Livro, São Paulo, 1982. Em 2000 foi lançada a 11ª edição revista e ampliada – *Batismo de sangue – A luta clandestina contra a ditadura militar – Dossiês Carlos Marighella & Frei Tito* – pela Casa Amarela, São Paulo. Em 2006, foi lançada a 14ª edição, revista e ampliada, Rocco.

16. *OSPB, Introdução à política brasileira*, São Paulo, Ática, 1985 (18ª edição, 1993) – obra esgotada.

17. *O dia de Angelo* (romance), São Paulo, Brasiliense, 1987 (3ª edição, 1987). Edição do Círculo do Livro, São Paulo, 1990 – obra esgotada.

18. *Cristianismo & marxismo*, Petrópolis, Vozes, 3ª edição, 1988 – obra esgotada.

19. *A proposta de Jesus* (Catecismo Popular, vol. I), São Paulo, Ática, 1989 (3ª edição, 1991) – obra esgotada.

20. *A comunidade de fé* (Catecismo Popular, vol. II), São Paulo, Ática, 1989 (3ª edição, 1991) – obra esgotada.

21. *Militantes do reino* (Catecismo Popular, vol. III), São Paulo, Ática, 1990 (3ª edição, 1991) – obra esgotada.

22. *Viver em comunhão de amor* (Catecismo Popular, vol. IV), São Paulo, Ática, 1990 (3ª edição, 1991) – obra esgotada.

23. *Catecismo popular* (versão condensada), São Paulo, Ática, 1992 (2ª edição, 1994) – obra esgotada.

24. *Lula – Biografia política de um operário*, São Paulo, Estação Liberdade, 1989 (8ª edição, 1989). *Lula – Um operário na Presidência*, São Paulo, Casa Amarela, 2003 – edição revisada e atualizada.

25. *A menina e o elefante* (infantojuvenil), São Paulo, FTD, 1990 (6ª edição, 1992). Em 2003, foi lançada nova edição revista pela Editora Mercuryo Jovem, São Paulo. (3ª edição)

26. *Fome de pão e de beleza*, São Paulo, Siciliano, 1990 – obra esgotada.

27. *Uala, o amor* (infantojuvenil), São Paulo, FTD, 1991 (12ª edição, 2009). Nova edição, 2016.

28. *Sinfonia universal, a cosmovisão de Teilhard de Chardin*, São Paulo, Ática, 1997 (5ª ed. revista e ampliada). A 1ª ed. foi editada pelas Letras & Letras, São Paulo, 1992. (3ª ed. 1999). Rio de Janeiro, Vozes, 2011.

29. *Alucinado som de tuba* (romance), São Paulo, Ática, 1993 (20ª edição, 2000).

30. *Por que eleger Lula presidente da República* (Cartilha Popular), São Bernardo do Campo, FG, 1994 – obra esgotada.

31. *O paraíso perdido – Nos bastidores do socialismo*, São Paulo, Geração, 1993 (2ª edição, 1993). Na edição atualizada, ganhou o título *O paraíso perdido – Viagens ao mundo socialista*, Rio de Janeiro, Rocco, 2015.

32. *Cotidiano & mistério*, São Paulo, Olho d'Água, 1996. (2ª ed. 2003) – obra esgotada.

33. *A obra do artista – Uma visão holística do universo*, São Paulo, Ática, 1995 (7ª edição, 2008). Rio de Janeiro, Ed. José Olympio, 2011.

34. *Comer como um frade – Divinas receitas para quem sabe por que temos um céu na boca*, Rio de Janeiro, Francisco Alves, 1996 (2ª edição 1997). Rio de Janeiro, Editora José Olympio, 2003.

35. *O vencedor* (romance), São Paulo, Ática, 1996 (15ª edição, 2000).

36. *Entre todos os homens* (romance), São Paulo, Ática, 1997 (8ª edição, 2008). Na edição atualizada, ganhou o título *Um homem chamado Jesus*, Rio de Janeiro, Rocco, 2009.

37. *Talita abre a porta dos evangelhos*, São Paulo, Moderna, 1998 – obra esgotada.

38. *A noite em que Jesus nasceu*, Petrópolis, Vozes, 1998 – obra esgotada.

39. *Hotel Brasil* (romance policial), São Paulo, Ática, 1999 (2ª ed. 1999). Na edição atualizada, ganhou o título *Hotel Brasil – O mistério das cabeças degoladas*, Rio de Janeiro, Rocco, 2010.

40. *A mula de Balaão*, São Paulo, Salesiana, 2001.

41. *Os dois irmãos*, São Paulo, Salesiana, 2001.

42. *A mulher samaritana*, São Paulo, Salesiana, 2001.

43. *Alfabetto – Autobiografia escolar*, São Paulo, Ática, 2002 (4ª edição).
44. *Gosto de uva – Textos selecionados*, Rio de Janeiro, Garamond, 2003.
45. *Típicos tipos – Coletânea de perfis literários*, São Paulo, A Girafa, 2004 – obra esgotada.
46. *Saborosa viagem pelo Brasil – Limonada e sua turma em histórias e receitas a bordo do Fogãozinho* (com receitas de Maria Stella Libanio Christo), São Paulo, Mercuryo Jovem, 2004. (2ª edição).
47. *Treze contos diabólicos e um angélico*, São Paulo, Planeta do Brasil, 2005.
48. *A mosca azul – Reflexão sobre o poder*, Rio de Janeiro, Rocco, 2006.
49. *Calendário do poder,* Rio de Janeiro, Rocco, 2007.
50. *A arte de semear estrelas,* Rio de Janeiro, Rocco, 2007.
51. *Diário de Fernando – Nos cárceres da ditadura militar brasileira,* Rio de Janeiro, Rocco, 2009.
52. *Maricota e o mundo das letras*, São Paulo, Mercuryo Novo Tempo, 2009.
53. *Minas do ouro,* Rio de Janeiro, Rocco, 2011.
54. *Aldeia do silêncio*, Rio de Janeiro, Rocco, 2013.
55. *O que a vida me ensinou*, São Paulo, Saraiva, 2013.
56. *Fome de Deus – Fé e espiritualidade no mundo atual,* São Paulo, Paralela, 2013.

57. *Reinventar a vida,* Petrópolis, Vozes, 2014.
58. *Começo, meio e fim,* Rio de Janeiro, Rocco, 2014.
59. *Oito vias para ser feliz,* São Paulo, Planeta, 2014.
60. *Um Deus muito humano – Um novo olhar sobre Jesus,* São Paulo, Fontanar, 2015.
61. *Ofício de escrever,* Rio de Janeiro, Rocco, 2017.
62. *Parábolas de Jesus – Ética e valores universais,* Petrópolis, Vozes, 2017.
63. *Por uma educação crítica e participativa,* Rio de Janeiro, Rocco, 2018.
64. *Sexo, orientação sexual e "ideologia de gênero",* Rio de Janeiro, Coleção Saber – Grupo Emaús, 2018.
65. *Fé e Afeto – Espiritualidade em tempos de crise,* Rio de Janeiro, Editora Vozes, 2019 – no prelo.

EM COAUTORIA

1. *O canto na fogueira* – com Frei Fernando de Brito e Ivo Lesbaupin, Petrópolis, Editora Vozes, 1976.
2. *Ensaios de complexidade* – com Edgar Morin, Leonardo Boff e outros, Porto Alegre, Sulina, 1977 – obra esgotada.
3. *O povo e o Papa. Balanço crítico da visita de João Paulo II ao Brasil* – com Leonardo Boff e outros, Rio de Janeiro, Civilização Brasileira, 1980 – obra esgotada.

4. *Desemprego – causas e consequências* – com dom Cláudio Hummes, Paul Singer e Luiz Inácio Lula da Silva, São Paulo, Edições Paulinas, 1984 – obra esgotada.
5. *Sinal de contradição* – com Afonso Borges Filho, Rio de Janeiro, Espaço e Tempo, 1988 – esgotada.
6. *Essa escola chamada vida* – com Paulo Freire e Ricardo Kotscho, São Paulo, Ática, 1988 (18ª ed. 2003) – obra esgotada.
7. *Teresa de Jesus: filha da Igreja, filha do Carmelo* – com Frei Cláudio van Belen, Frei Paulo Gollarte, Frei Patrício Sciadini e outros, São Paulo, Instituto de Espiritualidade Tito Brandsma, 1989 – obra esgotada.
8. *O plebiscito de 1993 – Monarquia ou República? Parlamentarismo ou presidencialismo?* – com Paulo Vannuchi, Rio de Janeiro, ISER, 1993 – obra esgotada.
9. *Mística e espiritualidade* – com Leonardo Boff, Rio de Janeiro, Rocco,1994 (4ª ed. 1999). Rio de Janeiro, Garamond (6ª ed., revista e ampliada, 2005). Petrópolis, Vozes, 2009.
10. *A reforma agrária e a luta do MST* (com vv.aa.), Petrópolis, Vozes, 1997 – obra esgotada.
11. *O desafio ético* – com Eugenio Bucci, Luís Fernando Veríssimo, Jurandir Freire Costa e outros, Rio de Janeiro/Brasília, Garamond/Codeplan, 1997 (4ª edição) – obra esgotada.
12. *Direitos mais humanos* – organizado por Chico Alencar com textos de Frei Betto, Nilton Bonder, D. Pedro Casal-

dáliga, Luiz Eduardo Soares e outros, Rio de Janeiro, Garamond, 1998.

13. *Carlos Marighella – O homem por trás do mito* – coletânea de artigos organizada por Cristiane Nova e Jorge Nóvoa, São Paulo, UNESP, 1999 – obra esgotada.

14. *7 Pecados do Capital* – coletânea de artigos, organizada por Emir Sader, Rio de Janeiro, Record, 1999 – obra esgotada.

15. *Nossa paixão era inventar um novo tempo* – 34 depoimentos de personalidades sobre a resistência à ditadura militar – organização de Daniel Souza e Gilmar Chaves, Rio de Janeiro, Rosa dos Tempos, 1999 – obra esgotada.

16. *Valores de uma prática militante*, com Leonardo Boff e Ademar Bogo, São Paulo, Consulta Popular, Cartilha nº 9, 2000 – obra esgotada.

17. *Brasil 500 anos: trajetórias, identidades e destinos*. Vitória da Conquista, UESB (Série Aulas Magnas), 2000 – obra esgotada.

18. *Quem está escrevendo o futuro? – 25 textos para o século XXI* – coletânea de artigos, organizada por Washington Araújo, Brasília, Letraviva, 2000 – obra esgotada.

19. *Contraversões – civilização ou barbárie na virada do século*, em parceria com Emir Sader, São Paulo, Boitempo, 2000 – obra esgotada.

20. *O indivíduo no socialismo* – com Leandro Konder, São Paulo, Fundação Perseu Abramo, 2000 – obra esgotada.

21. *O decálogo* (contos) – com Carlos Nejar, Moacyr Scliar, Ivan Angelo, Luiz Vilela, José Roberto Torero e outros, São Paulo, Nova Alexandria, 2000 – obra esgotada.
22. *As tarefas revolucionárias da juventude* – reunindo também textos de Fidel Castro e Lênin; São Paulo, Expressão Popular, 2000 – obra esgotada.
23. *Estreitos nós – Lembranças de um semeador de utopias* – com Zuenir Ventura, Chico Buarque, Maria da Conceição Tavares e outros, Rio de Janeiro, Garamond, 2001 – obra esgotada.
24. *Diálogos criativos* – em parceria com Domenico de Masi e José Ernesto Bologna, São Paulo, DeLeitura, 2002. Rio de Janeiro, Sextante, 2006 – obra esgotada.
25. *Democracia e construção do público no pensamento educacional brasileiro* – organizadores Osmar Fávero e Giovanni Semeraro, Petrópolis, Vozes, 2002 – obra esgotada.
26. *Por que nós, brasileiros, dizemos não à Guerra* – em parceria com Ana Maria Machado, Joel Birman, Ricardo Setti e outros, São Paulo, Planeta, 2003.
27. *A paz como caminho* – com José Hermógenes de Andrade, Pierre Weil, Jean-Yves Leloup, Leonardo Boff, Cristovam Buarque e outros. Coletânea de textos organizados por Dulce Magalhães, apresentados no Festival Mundial da Paz, Rio de Janeiro, Qualitymark Editora, 2006.
28. *Lições de Gramática para quem gosta de literatura* – com Moacyr Scliar, Luís Fernando Veríssimo, Paulo Leminski,

Rachel de Queiroz, Ignácio de Loyola Brandão e outros, São Paulo, Panda Books, 2007.

29. *Sobre a esperança – Diálogo* – com Mario Sergio Cortella, São Paulo, Papirus, 2007.

30. *40 olhares sobre os 40 anos da* Pedagogia do oprimido – com Mario Sergio Cortella, Sérgio Haddad, Leonardo Boff Rubem Alves e outros. Instituto Paulo Freire, 2008-10-30.

31. *Dom Cappio: rio e povo* – com Aziz Ab'Sáber, José Comblin, Leonardo Boff e outros. São Paulo, Centro de Estudos Bíblicos, 2008.

32. *O amor fecunda o Universo – Ecologia e espiritualidade* – com Marcelo Barros, Rio de Janeiro, Agir, 2009 – obra esgotada.

33. *O parapitinga Rio São Francisco* – fotos de José Caldas, com Walter Firmo, Fernando Gabeira, Murilo Carvalho e outros, Rio de Janeiro, Casa da Palavra, 2002.

34. *Conversa sobre a fé e a ciência* – com Marcelo Gleiser, Rio de Janeiro, Editora Agir, 2011 – obra esgotada.

35. *Bartolomeu Campos de Queirós – Uma inquietude encantadora* – com Ana Maria Machado, João Paulo Cunha, José Castello, Marina Colasanti, Carlos Herculano Lopes e outros, São Paulo, Moderna, 2012 – obra esgotada.

36. *Belo Horizonte – 24 autores* – com Affonso Romano de Sant'Anna, Fernando Brant, Jussara de Queiroz e outros, Belo Horizonte, Mazza Edições Ltda.

37. *Dom Angélico Sândalo Bernardino – Bispo profeta dos pobres e da justiça* – com Dom Paulo Evaristo Arns, Dom Pedro Casaldáliga, Dom Demétrio Valentini, Frei Gilberto Gorgulho, Ana Flora Andersen e outros, São Paulo, ACDEM, 2012.
38. *Depois do silêncio – Escritos sobre Bartolomeu Campos de Queirós* – com Chico Alencar, José Castello, João Paulo Cunha e outros, Belo Horizonte, RHJ Livros Ltda., 2013.
39. *Nos idos de Março – A ditadura militar na voz de 18 autores brasileiros* – com Antonio Callado, Nélida Piñon, João Gilberto Noll e outros, São Paulo, Geração, 2014.
40. *Mulheres* – com Affonso Romano de Sant'Anna, Fernando Fabbrini, Dagmar Braga e outros, Belo Horizonte, Mazza Edições, 2014.
41. *O budista e o cristão: um diálogo pertinente.* Com Heródoto Barbeiro, São Paulo, Fontanar / Cia das Letras, 2017.
42. *Advertências e esperanças – Justiça, Paz e Direitos Humanos* – com frei Carlos Josaphat, Marcelo Barros, frei Henri Des Roziers, Ana de Souza Pinto e outros, Goiânia, Editora PUC Goiás, 2014.
43. *Marcelo Barros – A caminhada e as referências de um monge* – com Dom Pedro Casaldáliga, Dom Tomás Balduino, Carlos Mesters, João Pedro Stédile e outros, Recife (PE), 2014, edição dos Organizadores.

44. *Dom Paulo Evaristo Cardeal Arns – Pastor das periferias, dos pobres e da justiça* – com D. Pedro Casaldáliga, Fernando Altemeyer Júnior, Dom Demétrio Valentim e outros, São Paulo, Casa da Terceira Idade Tereza Bugolim, 2015.

45. *Cuidar da casa comum* – com Leonardo Boff, Maria Clara Lucchetti Bingemer, Pedro Ribeiro de Oliveira, Marcelo Barros, Ivo Lesbaupin e outros, São Paulo, Editora Paulinas, 2016.

46. *Criança e consumo – 10 anos de transformação* – com Clóvis de Barros Filho, Ana Olmos, Adriana Cerqueira de Souza e outros, São Paulo, Instituto Alana, 2016.

47. *Por que eu e não outros? Caminhada de Adilson Pires da periferia para a cena política carioca* – com Jailson de Souza e Silva e Eliana Sousa Silva, Observatório de Favelas/Agência Diálogos, Rio de Janeiro, 2016.

48. *Em que creio eu* – com Ivone Gebara, Jonas Resende, Luiz Eduardo Soares, Márcio Tavares d'Amaral, Leonardo Boff e outros, São Paulo, Edições Terceira Via, 2017.

49. *(Neo) Pentecostalismos e Sociedade – Impactos e/ou cumplicidades* – com Pedro Ribeiro de Oliveira, Faustino Teixeira, Magali do Nascimento Cunha, Sinivaldo A. Tavares, Célio de Pádua Garcia. São Paulo, Edições Terceira Via e Fonte Editorial, 2017.

50. *Dom Paulo – Testemunhos e memórias sobre o Cardeal dos Pobres* – com Clóvis Rossi, Fábio Konder Comparato,

Fernando Altemeyer Júnior, Leonardo Boff e outros, São Paulo, Paulinas, 2018.

51. *Jornadas Teológicas Dom Helder Camara – Semeando a esperança de uma Igreja pobre, servidora e libertadora* – Palestras Volumes I e II, Igreja Nova, Organizado pelo Conselho Editorial, Recife, 2017.

52. *Lula livre-Lula livro* – Obra organizada por Ademir Assunção e Marcelino Freire, editores – com Raduan Nassar, Aldir Blanc, Eric Nepomuceno, Manuel Herzog e outros. São Paulo, 2018.

53. *Direito, arte e liberdade* – Obra organizada por Cris Olivieri e Edson Natale, Edições Sesc São Paulo, São Paulo, 2018.

54. *Papa Francisco com os movimentos populares* – Obra organizada por Francisco de Aquino Júnior, Maurício Abdalla e Robson Sávio. Com Chico Whitaker, Ivo Lesbaupin, Marcelo Barros e outros. São Paulo, Paulinas, 2018.

55. *Ternura cósmica – Leonardo Boff, 80 anos* – Com Maria Helena Arrochellas, Marcelo Barros, Michael Lowy, Rabino Nilton Bonder, Carlos Mesters e outros. Editora Vozes, Rio de Janeiro, 2018.

56. *Maria Antonia: uma rua na contramão – 50 anos de uma batalha* – Com Antonio Candido, Mário Schenberg, Adélia Bezerra de Meneses. São Paulo, Universidade de São Paulo, Faculdade de Filosofia, Letras e Ciências Humanas, 2018.

EDIÇÕES ESTRANGEIRAS:

1. *Dai sotterranei della storia*, Milão, Itália, Arnoldo Mondadori, 2ª edição, 1973.
2. *Novena di San Domenico*, Brescia, Itália, Queriniana, 1974.
3. *L'Église des prisons*, Paris, França, Desclée de Brouwer, 1972.
4. *La Iglesia encarcelada*, Buenos Aires, Argentina, Rafael Cedeño editor, 1973.
5. *Brasilianische passion*, Munique, Alemanha, Kösel Verlag, 1973.
6. *Fangelsernas Kyrka*, Estocolmo, Suécia, Gummessons, 1974.
7. *Geboeid Kijk ik om mij heen*, Bélgica-Holanda, Gooi en sticht bvhilversum, 1974.
8. *Creo desde la carcel*, Bilbao, Espanha, Desclée de Brouwer, 1976.
9. *Against principalities and powers*, Nova York, EUA, Orbis Books, 1977.
10. *17 días en Puebla*, México, México CRI, 1979.
11. *Diario di Puebla*, Brescia, Itália, Queriniana, 1979.
12. *Lettres de prison*, Paris, França, du Cerf, 1980.
13. *Lettere dalla prigione*, Bolonha, Itália, Dehoniane, 1980.
14. *La preghiera nell'azione*, Bolonha, Itália, Dehoniane, 1980.
15. *Que es la Teología de la Liberación?*, Lima, Peru, Celadec, 1980.

16. *Puebla para el pueblo*, México, México, Contraste, 1980.
17. *Battesimo di sangue*, Bolonha, Itália, Asal, 1983. Nova edição revista e ampliada publicada pela Sperling & Kupfer, Milão, 2000. Ekdoseis twn Synadelfwn, Grécia, 2015. Santiago de Cuba – Editorial Oriente, 2018.
18. *Les frères de Tito*, Paris, França, du Cerf, 1984.
19. *El acuario negro*, Havana, Cuba, Casa de las Américas, 1986.
20. *La pasión de Tito*, Caracas, Venezuela, Ed. Dominicos, 1987.
21. *El día de Angelo*, Buenos Aires, Argentina, Dialéctica, 1987.
22. *Il giorno di Angelo*, Bolonha, Itália, E.M.I., 1989.
23. *Los 10 mandamientos de la relación fe y politica*, Cuenca, Equador, Cecca, 1989.
24. *Diez mandamientos de la relación fe y política*, Panamá, Ceaspa, 1989.
25. *De espaldas a la muerte – Dialogos con Frei Betto,* Guadalajara, México, Imdec, 1989.
26. *Fidel y la religión*, La Habana, Cuba, Oficina de Publicaciones del Consejo de Estado, 1985. Nova edição Editorial de Ciencias Sociales, Havana, 2018. Até 1995, editado nos seguintes países: México, República Dominicana, Equador, Bolívia, Chile, Colômbia, Argentina, Portugal, Espanha,

França, Holanda, Suíça (em alemão), Itália, Tchecoslováquia (em tcheco e inglês), Hungria, República Democrática da Alemanha, Iugoslávia, Polônia, Grécia, Filipinas, Índia (em dois idiomas), Sri Lanka, Vietnam, Egito, Estados Unidos, Austrália, Rússia, Turquia. Há uma edição cubana em inglês. Ocean Press, Austrália, 2005 – Havana, Cuba, 2018, Editorial de Ciencias Sociales.

27. *Lula – Biografía política de un obrero*, Cidade do México, México, MCCLP, 1990.

28. *A proposta de Jesus*, Gwangju, Korea, Work and Play Press, 1991.

29. *Comunidade de fé*, Gwangju, Korea, Work and Play Press, 1991.

30. *Militantes do reino*, Gwangju, Korea, Work and Play Press, 1991.

31. *Viver em comunhão de amor*, Gwangju, Korea, Work and Play Press, 1991.

32. *Het waanzinnige geluid van de tuba*, Baarn, Holanda, Fontein, 1993.

33. *Allucinante suono di tuba*, Celleno, Itália, La Piccola Editrice, 1993.

34. *Uala Maitasuna*, Tafalla, Espanha, Txalaparta, 1993.

35. *Día de Angelo*, Tafalla, Espanha, Txalaparta, 1993.

36. *La musica nel cuore di un bambino* (romance), Milão, Sperling & Kupfer, 1998.

37. *La obra del artista – Una visión holística del Universo*, La Habana, Caminos, 1998. Nova edição foi lançada em 2010 pela Editorial Nuevo Milenio.

38. *La obra del artista – Una visión holística del Universo*, Córdoba, Argentina, Barbarroja, 1998.

39. *La obra del artista – Una visión holística del Universo*, Madri, Trotta, 1999.

40. *Un hombre llamado Jesus* (romance), La Habana, Caminos, 1998.

41. *Uomo fra gli uomini* (romance), Milão, Sperling & Kupfer, 1998.

42. *Gli dei non hanno salvato l'America – Le sfide del nuovo pensiero politico latinoamericano*, Milão, Sperling & Kupfer, 2003.

43. *Gosto de uva,* Milão, Sperling & Kupfer, 2003.

44. *Hotel Brasil,* Éditions de l'Aube, França, 2004.

45. *Sabores y saberes de la vida – Escritos Escogidos,* Madri, PPC Editorial, 2004.

46. *Hotel Brasil,* Cavallo di Ferro Editore, Itália, 2006.

47. *El fogoncito,* Cuba, Editorial Gente Nueva, 2007.

48. *Un hombre llamado Jesus* (romance), La Habana, Editorial Caminos, 2009.

49. *La obra del artista – Una visión holística del Universo*, La Habana, Editorial de Ciencias Sociales, 2009.

50. *Increíble sonido de tuba,* Espanha, Ediciones SM, 2010.
51. *El ganador*, Espanha, Ediciones SM, 2010.
52. *La mosca azul – Reflexión sobre el poder*, Austrália, Ocean Press, 2005, La Habana (Cuba), Editorial Ciencias Sociales, 2013.
53. *Quell'uomo chiamato Gesù,* Bolonha, Editrice Missionária Italiana – EMI, 2011.
54. *Maricota y el mundo de las letras,* Havana, Editorial Gente Nueva, 2012.
55. *La mosca azul – Reflexión sobre el poder,* Havana, Editorial Nuevo Milenio, 2013.
56. *El comienzo, la mitad y el fin,* Havana, Editorial Gente Nueva, 2014.
57. *Un sabroso viaje por Brasil – Limonada y su grupo en cuentos y recetas a bordo del Fogoncito –* Havana (Cuba), Editorial Gente Nueva, 2013.
58. *Hotel Brasil – The mistery of severed heads,* Inglaterra, Bitter Lemon Press, 2014 68 – Havana, Cuba, Editorial Arte y Literatura, 2019.
59. *La niña y el elefante,* Editorial Gente Nueva, Havana, Cuba, 2015.
60. *Minas del oro,* Editorial Arte y Literatura, Havana, Cuba, 2015.
61. *Paraíso perdido – Viajes por el mundo socialista,* Editorial de Ciencias Sociales, Havana, Cuba 2016.

62. *Uala, el amor,* Editorial Gente Nueva, Havana, Cuba, 2016.
63. *Lo que la vida me enseño, El desafio consiste siempre en darle sentido a la existenci*a, Havana, Cuba, Editorial Caminos, 2017.
64. *Alucinado son de tuba,* Santa Clara, Cuba, Sed de belleza Ediciones, 2017.
65. *Fede e Politica,* Rete Radié Resch, Itália, 2018.
66. *El hombre que podia casi todo,* Havana, Cuba – Editorial Gente Nueva, 2018.

EDIÇÕES ESTRANGEIRAS EM COAUTORIA:
1. *Comunicación popular y alternativa* – com Regina Festa e outros, Buenos Aires, Paulinas, 1986.
2. *Mística y espiritualidad* (com Leonardo Boff), Buenos Aires, Cedepo, 1995. Cittadella Editrice, Itália, 1995.
3. *Palabras desde Brasil* (com Paulo Freire e Carlos Rodrigues Brandão), Havana, Caminos, 1996.
4. *Hablar de Cuba, hablar del Che* (com Leonardo Boff), La Habana, Caminos, 1999.
5. *Non c'e progresso senza felicità* – em parceria com Domenico de Masi e José Ernesto Bologna, Milão, Rizzoli-RCS Libri, 2004.
6. *Dialogo su pedagogia, etica e partecipazione politica* – em parceria com Luigi Ciotti, EGA – Edizioni Gruppo Abele, Torino, Itália, 2004.

7. *Ten eternal questions – Wisdom, insight and reflection for life's journey* – em parceria com Nelson Mandela, Bono, Dalai Lama, Gore Vidal, Jack Nicholson e outros – Organizado por Zoë Sallis – Editora Duncan Baird Publishers, Londres, 2005. Edição portuguesa pela Platano Editora, Lisboa, 2005.

8. *50 cartas a Dios* – em parceria com Pedro Casaldáliga, Federico Mayor Zaragoza e outros – Madri, PPC, 2005.

9. *The Brazilian short story in the late twentieth century – A selection from nineteen authors,* Canadá, The Edwin Mellen Press, 2009.

10. *Reflexiones y vivencias en torno a la educación* – y otros autores, Espanha, Ediciones SM, 2010.

11. *El amor fecunda el universo: ecologia y espiritualidad* – com Marcelo Barros. Madri:PPC; Havana: Editorial de Ciencias Sociales, 2012.

12. *Brasilianische kurzgeschichten* – com Lygia Fagundes Telles, Rodolfo Konder, Deonísio da Silva, Marisa Lajolo e outros, Alemanha, Arara-Verlag, 2013.

13. *Laudato si' cambio climatico y sistema económico* – com François Houtart, Centro de Publicaciones, Pontifícia Universidad Católica del Ecuador, 2016.

14. *Hablan dos educadores populares: Paulo Freire y Frei Betto,* Colección Educación Popular del Mundo – Editorial Caminos, La Habana-Cuba 2017.

15. *Golpe en Brasil – Genealogia de una farsa* – com Noam Chomsky, Michel Löwy, Adolfo Pérez Esquivel, entre outros. Argentina: Clacso, jun./2016.
16. *América Latina en la encrucijada* – com Atilio Borón, Fundación German Abdala, Argentina, 2018.
17. *Nuestro amigo Leal,* com outros escritores – Ediciones Bolonha, Cuba, 2018.

SOBRE FREI BETTO:

Frei Betto – Biografia – Prefácio de Fidel Castro – por Américo Freire e Evanize Sydow – Civilização Brasileira, 2016; Havana, Editorial José Martí, 2017.

Sueño y razón en Frei Betto – Entrevista al fraile dominico, escritor y teólogo brasileño – Alicia Elizundia Ramírez, Pablo de la Torriente Editorial, La Habana, Cuba, 2018 – Ediciones Abya-Yala, Ecuador, 2018.

Impressão e Acabamento:
LIS GRÁFICA E EDITORA LTDA.